为了人与书的相遇

[美] 米兰达·裘丽——著 周嘉宁——译

THE FIRST BAD MAN A NOVEL BY MIRANDA JULY

第一个坏人

广西师范大学出版社
·桂林·

给迈克尔·查德伯恩·米尔斯

第一章

我开车去医生办公室，像是正主演一部菲利普在观赏的电影——开着车窗，头发飞扬，单手扶着方向盘。当我在红灯前停下时，依然故弄玄虚地直视前方。*她是谁？人们或许会猜测。那个开着蓝色本田汽车的中年女人是谁？*我信步穿过停车场，走进电梯，用漫不经心的贪玩的手指按了 12 层。正是那种可以做任何事的手指。门一关上，我就照了照天花板上的镜子，练习脸上的表情，以防菲利普在候诊室。吃惊，但又不过度吃惊，而且他不会在天花板上，所以我不用像这样伸长脖子。我在走廊上一路练习着表情。哦！哦！你好啊！直到门口。

延斯 · 布鲁瓦亚尔医生

色光治疗

我推开门。

菲利普不在。

我过了一会儿才缓过来。差点就要转身回家了——但是这样就不能打电话感谢他的推荐。接待员给了我一张夹在写字板上的新病人登记表；我坐在软垫椅上。没有地方写“推荐人”，所以我在最上面写了菲利普·贝特尔海姆让我来的。

“我不能说他是世界上最好的，”菲利普在掌心机构募捐会上说。他穿着一件很衬他胡子的灰色羊绒衫。“因为在苏黎世有一位色疗医生和他不相上下。但是延斯是洛杉矶最好的，也肯定是西部最好的。他治好了我的脚癣。”他抬起脚来，又在我还没有闻到的时候放下。“他一年里大部分时间在阿姆斯特丹，所以他在这里很挑病人。告诉他是菲尔·贝特尔海姆让你来的。”他在餐巾纸上写下电话，跳着桑巴离开了。

“菲尔·贝特尔海姆让我来的。”

“没错！”他扭头喊到。接下来的夜晚他都在跳舞。

我看着接待员——她认识菲利普。他或许刚刚离开；他或许现在就和医生在一起。我没想到这种可能性。我把头发掖到耳后，看着通往诊疗室的门。过了一会儿，走出来一个带着小男婴的苗条女人。婴儿在玩一块挂在绳子上的水晶。我检验了一下我和他之间有没有什么特殊的感应可以强过他和母亲之间的连接。我们没有。

布鲁瓦亚尔医生有着斯堪的纳维亚人的长相，戴着小小的严肃的眼镜。他查看我的新病人登记表时，我坐在一张对着日本纸屏风的弹性十足的皮沙发里。视线所及没有什么魔棒或者水晶球，但是我为了表格上的内容打起精神来。如果菲利普相信色光疗法，对我来说就足够了。布鲁瓦亚尔医生压低眼镜。

“嗯。癔球症。”

我开始解释那是什么，但是他打断了我。“我是医生。”

“不好意思。”但是真正的医生会说“我是医生”吗？

他平静地检查了我的脸颊，同时用红色钢笔在一张纸上戳戳画画。纸上有一张脸，这张通用的脸上标着**谢丽尔·格里克曼**。

“那些记号是……？”

“你的酒渣鼻。”

纸上的眼睛又大又圆，反之，我的眼睛笑起来就看不见了，而我的鼻子更像土豆。也就是说，我五官之间的距离比例完美。至今还没有人注意到。还有我的耳朵：可爱的小贝壳。我把头发掖在耳朵后面，横着走进拥挤的房间，好让别人先看到耳朵。他在纸上的喉咙处画了一个圈，用交叉线小心地填满。

“你有癔球多久了？”

“时不时地有三十年了。三十或者四十年。”

“你治疗过吗？”

“我试过想做手术。”

“手术？”

“把喉咙里的球取出来。”

“你知道那不是一个真的球吧。”

“他们是这样说的。”

“通常的治疗是心理疗法。”

“我知道。”我没有解释说我是单身。而夫妇才接受心理治疗。以及圣诞节。以及露营。以及海滩露营。布鲁瓦亚尔医生咔咔打开装满小玻璃瓶的抽屉，取出一个，上面标着红。我眯眼看着这清澈的液体。联想起很多水。

“这是红的精华。”他唐突地说。他能感觉到我的怀疑。“红是一种能量，但是在天然形式下却只是一种颜色。现在服用三十毫升，以后每天早晨第一次小便前服用三十毫升。”我吞了一滴管。

“为什么要在第一次小便前？”

“在你起身走动之前——走动会提升你的基础体温。”

我想了想。如果一个人醒来以后，在小便前立刻就做爱呢？这样肯定也会提升基础体温。如果我是三十岁出头，而不是四十岁出头，他会说在第一次小便之前还是性交之前？和与我年龄相当的男人在一起时会有这个问题，我不知为何比他们老。菲利普六十几岁，所以他可能把我当成年轻女人，几乎是个女孩。并不是说他心里有我——我只是某个在掌心机构工作的人。但是这种情况随时可能改变；本来今天在候诊室里可能已经发生了。如果我打电话给他，现在还是可能会发生。布鲁瓦亚尔医生递给我一张表格。

“把这个交给前台的露西。我安排了一次随访，但是如果在此之前你的瘾球情况变糟，你可以考虑咨询服务。”

“我会不会有一块水晶？”我指了指挂在窗上的一串水晶。

“太阳能量？下次吧。”

接待员复印了我的保险卡，解释说色光治疗不包含在保险里。

“下一次的预约时间是六月十九日。你希望是早晨还是下午？”她一头及腰灰发乱七八糟。我的也是灰的，但是很整洁。

“我不知道——早晨吧？”现在只有二月。等到六月，菲利普和我可能已经在一起了，我们会手拉着手来见布鲁瓦亚尔医生。

“还有没有早些时候的？”

“医生一年里只会来这间办公室三次。”

我环顾候诊区域。“谁给植物浇水？”我俯身把手指插进蕨类植物的泥土。是湿的。

“还有另外一个医生在这里工作。”她敲了敲装着两沓名片的有机玻璃陈列架，布鲁瓦亚尔医生的和执照临床社工蒂贝茨医生的。我试着用不脏的手指各拿了一张名片。

“九点四十五怎么样？”她问，递过来一盒纸巾。

我双手拿着手机，飞奔着穿过停车库。车门一锁上，空调一打开，我就拨了菲利普电话的前九位数字，然后停了下来。我从来没有给他打过电话；过去的六年都是他打电话给我，而且只以董事会成员的身份打到掌心机构。这可能不是一个好主意。苏珊娜会觉得是。她先追的卡尔。苏珊娜和卡尔是我的老板。

“如果你觉得有戏，不要害羞。”她曾经说。

“怎么叫不要害羞。”

“让他感觉到热情。”

我等了四天，问了些其他问题，然后又问她如何让他感觉到热情。她长久地注视着我，接着从垃圾里翻出一只旧信封，在上面画了一只梨。“你的身体是这个形状的，看到了吗？上面很瘦，下面不那么瘦。”然后她解释了下半身穿深色，上半身穿亮色所造成的错觉。我看到其他女人穿着这种颜色组合，都会看看她们是否也是梨形身材，往往都是——两只梨骗不了对方。

她在画的下面写了一个她觉得比菲利普更适合我的人的电话号码——一个离婚的酗酒的父亲，叫马克·权。他带我去贝弗利大道上的“小福餐馆”吃了晚饭。之后事情没成，她问我是不是她搞错了方向。“可能你不是不喜欢他，而是你不喜欢男人？”大家有的时候会这样想，因为我的发型；碰巧很短。而且我喜欢穿适合步行的鞋，乐步鞋或者干净的跑鞋，不穿奢华的高跟鞋。但是一个女同性恋会在看到一个穿着灰毛衣的六十五岁老头时心跳加速吗？马克·权几年前再婚；苏珊娜特意来告诉我。我按下了菲利普电话号码的最后一位数。

“喂？”他好像在睡觉。

“你好啊，我是谢丽尔。”

“哦？”

"掌心机构的。"

"哦，你好，你好！募捐会很成功啊，我玩得很尽兴。有什么事吗，谢丽尔？"

"我就想告诉你，我见了布鲁瓦亚尔医生。"长长的停顿，"那个色光治疗师。"我补充。

"延斯！他很出色，对吧？"

我说我觉得他简直惊人。

这是我的计划，使用他在募捐会上形容我的项链时候所用的相同的词语。他拿起我胸口沉甸甸的珠子说："这真是太惊人了，你从哪里弄来的？"我说："从农夫市场的小贩那里买的。"接着他拽着珠子把我拉向他，"嘿，"他说，"我喜欢这个，这是手工的。"像基金拨款员仲子这样的局外人可能会觉得这种时刻有辱人格，而我知道这种羞辱只是一个玩笑；他在嘲弄那些举动轻浮的男人。多年来他都是如此；有一次在董事会议上，他坚持说我上衣背后的拉链没有拉好，然后他大笑着拉开拉链。我也笑了，立刻背过手去拉好。这个玩笑是，你能相信这些人吗？他们做的那些蠢事？但是还有另外一个层面，因为模仿愚蠢的人也是一种解放——像是假装成孩子或者疯子。只有和你完全信任的人在一起时你才会这样，他们知道你实际上是多么有才能和多么好。等他松开我的项链，我稍稍咳嗽了一阵，于是就谈起了我的癔球和色疗医生。

惊人这个词语没有引起他的任何共鸣；他在说布鲁瓦亚尔医

生很贵，但是值得，然后他的声音上扬着要礼貌地结束对话。“好吧，那我们就董事会的时候再见吧，明——”他还没有说出天，我打断了他。

“你疑虑时，就告诉我一声！”

“什么？”

“我支持你。你疑虑时，就告诉我一声。”

多么安静。宏伟的圆顶大教堂也从未容纳那么多的空无。他清了清喉咙。声音在穹顶间回荡，惊起了鸽子。

“谢丽尔？”

“嗯？”

“我该挂电话了。”

我什么都没有说。他得踩过我的尸体才能挂电话。

“再见。”他说，然后停顿了一会儿，挂了电话。

我把手机放回包里。如果红已经起了作用，那么我的鼻子和眼睛现在应该被美丽的刺痛感穿透，一百万根细小的针，在咸咸的洪流中达到顶峰，耻辱随着眼泪流出，淌入沟渠。喊叫攀爬到我的喉头，膨胀，但是它没有冲破，反而盘踞在好斗的球里。癔球症。

有什么东西撞到我的车，我跳起来。是旁边那辆车的车门；一个女人正把她的孩子塞进婴儿座里。我屏住喉咙，俯身望去，但是她的头发遮住了它的脸，无法判断它是不是属于我的宝宝中的一个。不是生理意义上的属于我，只是……亲近。我把它们叫做库贝尔可·邦迪。只需要一秒钟检验，往往我还没有意识到自己在检验，就已经检验好了。

邦迪一家是我父母在七十年代早期短暂的朋友。邦迪夫妇和他们的小儿子库贝尔可。后来我向母亲问起他时，她说她很肯定他不叫这个，但是他叫什么呢？凯文？马可？她不记得了。父母们在客厅喝葡萄酒，我被派去和库贝尔可玩。把你的玩具给他。他安静地坐在我的卧室门边，拿着一把木勺子，有时候用它敲敲地板。黑色的大眼睛，胖嘟嘟的粉红色脸蛋。他是个小男孩，非常小。差不多刚刚一岁。过了一会儿他扔开勺子开始哭。我看着他哭，等着有人过来，但是没有人过来，于是我把他抱到我的小膝盖上，晃动着他胖胖的身体。他几乎立刻就安静下来。我抱着他，他看着我，我看着他，他看着我，我知道他对我的爱超过了对他父母的爱，而且他以某种真实而永恒的方式属于我。因为我只有九岁，所以不太清楚他是以孩子还是以配偶的形式属于我，但是没有关系，我感觉自己在迎接心痛的挑战。我把自己的脸颊贴在他的脸颊上，抱着他，为了某种永恒。他睡着了，我自己也在意识间游荡，不再受到时间和标度的约束，他温暖的身体忽大忽小——接着一个自认为是他母亲的女人突然把他从我怀中夺走。大人们一边往外走，一边疲惫地大声说着谢谢你们，库贝尔可用惊恐的眼睛看着我。

做点什么。他们要带我走。

我会的，不要担心，我会做点什么的。

我当然不会让他驶入黑夜，不会让我亲爱的小男孩驶入黑夜。住手！放开他！

但是我的声音太小了，没能离开我的脑袋。不一会儿，我亲爱的小男孩就驶入了黑夜。不再相见。

然而我确实曾再次见到他——一而再再而三。有时候他是个新生儿，有时候他已经蹒跚走步。我开出停车位的时候，看清了旁边车里的宝宝。不过是某个小孩罢了。

第二章

我被树枝掉在后院的声音早早吵醒。服用了三十毫升红，听着费力的锯木声。是里克，房子附带的流浪园丁。我绝不会雇佣任何人潜伏在我的领地，侵犯我的隐私，但是我搬进来的时候没有解雇他，因为我不想让他觉得我没有之前的住户戈德法布一家开放。他们给了他一把钥匙；有时候他会用浴室，或者在厨房留下柠檬。我试图找借口在他到来前离开，但是在早晨七点不太容易。有时候我只是在附近开车游荡直到他走。或者我开出几个街区，停车，在车里睡觉。有一次他在回帐篷或者纸盒的路上发现了我，把他那张胡子拉碴的笑嘻嘻的脸贴在车窗上。我半睡半醒的，也很难想出一个解释。

今天我早早去了掌心机构，为董事会议做好一切准备。我的计划是表现得尽量优雅，这样菲利普就想不起来昨天电话里那个笨拙的女人了。我不会大声说英国腔，但是我会在心里说，会一直说。

吉姆和米歇尔已经在办公室了，实习生莎拉也在。她带着刚刚出生的宝宝；她试图把宝宝藏在桌子底下，但是很显然我们都能听见。我擦干净了会议桌，摆好纸和笔。作为经理我不用做这些，但是我想为菲利普安排好。吉姆大叫："进来！"说明卡尔和苏珊娜正要进来。我抓起一对装满死花的大花瓶，往员工厨房跑。

"我来吧！"米歇尔说。她是新员工——不是我选的。

"不用了，"我说，"我已经拿着了。"

她跑在我身边，从我手中夺走一只花瓶，完全无视我的平衡系统。她的帮忙导致一只花瓶快掉了，我让她接手，但是她没接住。卡尔和苏珊娜进门的时候花瓶正好砸在地毯上，菲利普也和他们在一起。

"大家好。"卡尔说。菲利普穿着一件漂亮的酒红色毛衣。我的呼吸变细。我总是得抵制自己像妻子一样走向他的冲动，仿佛我们是生生世世在一起的夫妇。洞穴男人和洞穴女人。国王和王后。修女。

"这是米歇尔，我们新任的媒体联络人。"我说着，用一种滑稽的姿势往下指。她正手脚并用地收拾黏糊糊的棕色的花；现在她挣扎着要站起来。

"我是菲利普。"米歇尔慌乱地半跪着和他握手，脸上布满热泪。我不是故意那么残酷；这种事情只发生在我压力巨大的时候，而我之后总会非常后悔。我明天会送她东西，礼券或者一台忍者五人份冰沙机。我本应该先发制人地送她礼物；我喜欢送新员工礼物。他们回家以后便会说："新工作太棒了，我简直不能相信——看看我的经理送了我什么！"接着如果他们哭着回家，他们的伴侣会说："但是亲爱的，想想冰沙机，你确定是这样吗？"于是新员工就会犹豫，甚至可能会自责。

苏珊娜和卡尔与菲利普一起慢慢走开了，实习生莎拉飞快地过来帮忙清扫。她宝宝的咯咯声既坚持又放肆。我终于走到她的桌子旁边朝下面看了看。他像一只悲伤的鸽子般嘟哝，抬头冲我微笑，带着完全相认的暖意。

我不断出生于错误的人。他说。

我遗憾地点点头。我知道。

我能怎么办呢？我想把他抱出背袋，再次拥入怀中，但是这样不对。我扮着鬼脸表示抱歉，他慢慢眨了一下大大的眼睛接受了，这让我悲伤到胸口疼，癔球肿胀。我不断变老，他却永远年轻，我小小的丈夫。或者此刻更像是，我的儿子。莎拉匆匆过来，把背袋转到了桌子的另外一边，他的脚在外面乱踢。

不要放弃，不要放弃。

我不会的，我说，绝不会。

定期见到他太痛苦了。我严厉地清清喉咙。

"你应该知道带宝宝来上班不太合适。"

"苏珊娜说没有关系。她说柯丽小的时候，她总是带她来上班。"

说得没错。卡尔和苏珊娜的女儿以前放学后都会来老工作室，在教室里玩，尖叫着跑来跑去，打扰所有人。我告诉莎拉今天就算了，但是不能当成惯例。她叛逆地看了我一眼，因为她是个工作母亲，女权主义，诸如此类。我也瞪了回去，因为我是她的上级，她在钻空子，女权主义，诸如此类。她稍稍低下头。实习生都是些卡尔和苏珊娜同情的女人。二十五年前我也是。那会儿掌心机构真的只是一家女性防身术工作室；一个改变用途的跆拳道馆。

一个男人抓住了你的胸部——你怎么做？一群男人围住了你，把你按在地板上，然后开始拉你的裤子拉链——你怎么做？一个你以为你认识的男人把你按在墙上不让你走——你怎么做？一个男人粗鲁地评价你身体的某个部分，要你给他看——你给他看吗？不。你转身直视他，手指指着他的鼻子，从横膈膜处发出响亮的刺耳的“啊咦咦咦咦”的声响。学员们最喜欢这部分，发出那种声音。攻击者穿着大头泡沫护具出来，开始模仿强奸、群奸、性羞辱和爱抚骚扰时，气氛变了。然而护具里面的男人其实是友善和平的——几乎到了过分的地步——但是他们在角色扮演时却表现得粗野狂热。这激起了很多女人的情绪，这是要点——任何人在不感觉恐惧或者羞辱的时候，在没有哭泣或者想要讨回钱的时候，都能够反击。最后一节课的成就感总是非常感人。攻击者和学员们喝着起泡苹果汁，拥抱着互相感谢对方。一切都被原谅。

我们现在依然给少女上课，但这只是为了保持我们非营利的状态——我们现在真正的生意是健身 DVD。以锻炼的方式来营销防身术是我的主意。我们的产品和其他顶级健身录像不相上下：大部分消费者说他们不曾往格斗方面去想，他们只是喜欢快速的音乐以及塑身效果。谁要看女人在公园里被骚扰啊？没有人。要不是我，卡尔和苏珊娜还在制作那种无聊的怎么办录像。他们搬去奥哈伊以后多少算是退休了，但依然插手人事问题，也会参加董事会议。尽管不是正式的，但是我实际上是董事会的一员。我负责记录。

菲利普尽可能地坐得离我远远的，而且会议期间仿佛都在避免往我这边看。我希望是我多虑了，但是后来苏珊娜问我们之间是不是出了什么问题。我坦白说我对他表现出了热情。

“什么意思？”

她提出这个建议已经是五年前的事情了——我猜想如今她不再使用这个说法。

“我告诉他说，如果他疑虑……”很难说出口。

“什么？”苏珊娜俯身过来，她坠着的耳环往前晃。

“疑虑时，就告诉我一声。”我低声说。

“你这样对他说的？这句话可真挑逗。”

“是吗？”

“一个女人对一个男人这样说？当然啦。你完全是在表现——你是怎么说的？”

“热情。”

卡尔拎着一只脏脏的帆布包在办公室里走来走去，上面写着

奥哈伊天然食物，他往里面装饼干、绿茶和一盒从员工厨房拿的杏仁牛奶，接着他跑去储物柜，自己拿了很多纸，一把钢笔和荧光笔，几瓶修改液。他们也会留下一些自己不知道如何处理的东西——一只不会跑的老猫，一窝小猫，一只臭烘烘的旧沙发，他们没地方放。这次是很多肉。

"这是皮弗娄牛——黄牛和野牛杂交的品种。"卡尔说。

苏珊娜打开一只泡沫塑料冷藏箱。"我们买了太多，"她解释，"而且明天就过期了。"

"与其让它烂掉，我们想不如让大家今晚都能吃上牛肉——我们请客！"卡尔嚷嚷着，像圣诞老人一样挥舞着双手。

他们开始叫名字。每个员工都起身收到一个上面标着他们名字的白色包裹。苏珊娜叫了菲利普的名字，紧接着是我的名字。我们一起走过去，她同时把我们的肉递给我们。我的那包更大。我发现他注意到了，然后他终于看了我。

"和你换吧。"他低声说。

我皱着眉头防止流露出喜悦。他给了我那包写着菲利普的肉，我给了他写着谢丽尔的肉。

牛肉发完了，苏珊娜又大声问有没有谁能让他们的女儿留宿几个星期，直到她在洛杉矶找到公寓和工作。

"她是个极有天赋的演员。"

没有人吱声。

苏珊娜在长裙里稍稍晃了晃。卡尔搓了搓巨大的肚子，抬起眉毛，等着好心人出现。柯丽最后一次来办公室的时候十四岁。她浅色的头发往后梳成一个紧紧的马尾，涂了重重的眼线，戴着大大的箍型耳环，裤子往下掉。她看着像是帮派成员。那是六年前了，但还是没有人站出来。直到终于出现一个人：米歇尔。

牛肉有股原始的后味。我擦干净平底锅，撕碎了写着菲利普名字的纸。还没有撕完电话铃就响了。没人知道为什么撕碎一个名字就会让那个人打来电话——科学无法解释。擦掉名字也同样管用。

“我想我有疑虑了。”他说。

我走到卧室，躺在床上。起初这个电话和其他电话没有什么区别，除了在这六年里他从来没有在晚上打过我的私人手机。我们谈了掌心机构和会议上的事情，仿佛不是晚上八点，我也没有穿着睡衣。接着在谈话本应正常终止的时刻，出现了一段长长的沉默。我坐在黑暗中心想，他是不是已经挂断了，只是懒得去挂电话。终于，他低声说：“我觉得我可能是个可怕的人。”

有那么一瞬间我相信了他——我以为他要坦白罪行，可能是谋杀。接着我意识到我们都可能会认为自己是个可怕的人。但是我们只在索爱之前才会坦白这点。这有点像是脱衣服。

“不是，”我低声说，“你很好。”

“但不是这样。”他反驳，声音兴奋激昂，“你不明白！”

我回应以同样的音量和热情：“我真的明白，菲利普！我比你以为的更了解你！”这让他安静了一会儿。我闭上眼睛。所有的抱枕都在周围，亲密地摆到唇边——我感觉像个国王。坐在宝座上的国王，跟前摆着盛宴。

“你现在方便讲讲话吗？”他说。

“如果你方便的话。”

“我是说，你一个人吗？”

“我一个人住。”

“我也这样想。”

“真的吗？你这样想的时候在想什么？”

“嗯，我想：我觉得她一个人住。”

“没错。”

“我要忏悔一件事情。”

我再次闭上眼睛，我是国王。

“我需要解压，”他继续说，“你不必应答，听听就好。”

“好啊。”

“呀，我很紧张。我在流汗。记住，不必应答。我只想说出来，然后我们就挂电话，你就去睡觉。”

“我已经在床上了。”

“太好了。这样你就直接睡觉，早上再给我电话。”

“正是如此。”

“好吧，我明天再和你联系。”

“等等——你什么都还没有说呢。”

“我知道，我害怕了——我不知道。那个瞬间过去了。你还是去睡觉吧。”

我坐起来。

“我明天早晨还要给你打电话吗？”

“我明天晚上打给你。”

“谢谢你。”

“晚安。”

很难想象既不是罪行也不是爱情的坦白能让一个人汗流浃背。人们，我们认识的人，多久犯下一次严重罪行？我焦虑不安；我无法入睡。清晨我不由自主地拉肚子。我服用了三十毫升红，捏了捏我的癔球。还是很硬。吉姆十一点打来电话，说有一个小小的紧急事故。吉姆是现场办公室经理。

“是菲利普的事情吗？”我们或许得赶去他家，这样我就能看看他住的地方了。

“有关柯丽的事情，米歇尔改变了主意。”

“哦。”

“她想让柯丽搬走。”

“好的。”

“那你能收留她吗？”

当你一个人住的时候，别人总想着他们能和你一起住，然而事实正相反：他们应该找生活已经被另一个人搞得一团糟的人，这样再多一个人也没所谓。

“我也希望如此，我真的很想帮忙。”我说。

“不是我提出来的，是卡尔和苏珊娜的主意。我觉得他们可能有点吃惊你怎么不是第一个站出来的，你几乎像是家人。”

我紧闭嘴唇。卡尔曾经叫我*ginjo*，我以为是“姐妹”的意思，直到他告诉我说这个词在日语里是指一个男人，通常是年长的男人，离群索居，却为全村人保持火种。

“在古老的传说里，他烧了自己的衣服，乃至骨头，让火继续燃烧。”卡尔说。我一动不动听他继续说；我喜欢被描述。“接着他要找其他东西来维持火种，于是他就有了*ubitsu*。这个词语不是很好解释，但总的来说，它们是沉重的梦，有着无尽的体积和重量。他烧了它们，火再也没有熄灭。”接着他说我的管理方式更适合远距离工作，所以我现在在家上班，尽管我每周依然去一次办公室，并且出席董事会议。

我的房子不很大；我正试图规划和另外一个人一起生活。

“他们说我几乎像是家人？”

“这还用说——我的意思是，你会不会说你妈是家人？”

“不会。”

“懂了吧。”

“她什么时候来？”

“她今晚会带着她的东西过来。”

“我今晚有一个非常重要的私人电话。”

“太感谢了。谢丽尔。”

我把电脑从熨衣房里拿出来，安置了一张比看起来更舒适的小床。我在浴巾上叠了一块毛巾，毛巾上叠了一块洗手巾，然后摆在给她准备的被罩上。我在洗手巾上放了一颗无糖薄荷糖。擦干净所有浴缸和水池的龙头，看起来像全新的一样，马桶把手也是同样。我把水果放在陶瓷碗里，这样就能指着它们说：“随便吃。像在自己家一样。”家里的其他部分都像往常一样井井有条，多亏我的系统。

系统没有名字——我就称之为我的系统。我们假设一个人心情沮丧，或者只是懒惰，他们不再洗盘子。很快盘子就堆到天花板，就连洗个叉子都不太可能。于是这个人开始用脏叉子和脏盘子吃东西，这让他感觉自己像个流浪汉。于是他们不再洗澡。这样便难以出门。这个人开始随地扔垃圾，并且在杯子里小便，因为杯子就在床边。我们都曾经是这个人，所以没什么可指手画脚的，但是解决方式很简单：

少用盘子。

如果你没有盘子，盘子就堆不起来。这是最重要的，但是同时：

不要把东西挪来挪去。

你花了多少时间来回挪动东西？你把任何东西从它们原本的位置挪走时，记住你最终还是要把它们挪回来的——真的值得吗？你不能就站在书架旁看书，手指放在待会儿要把书摆回去的位置上吗？或者更好的办法是：干脆别看。如果你正在拿着什么东西，记得顺路捎上其他同方向的东西。这叫拼车。要把新肥皂放进浴室？或许可以等到烘干机里的毛巾烘好，一起拿过去。又或许可以把肥皂先放在烘干机上直到毛巾烘好。等到下一次上厕所时再叠毛巾。到那时，看看你能不能坐在马桶上放好肥皂，叠好浴巾，反正你双手闲着。上完厕所擦拭前，先用厕纸吸一吸脸上的油。晚饭：别用盘子。直接把平底锅放在桌子的锅垫上。盘子是为客人准备的多余步骤，好让他们感觉自己是在餐厅里。平底锅要洗吗？如果你只吃香料佐味的食物就不用。

我们都在一部分时间做大部分上述事情，按照我的系统，你在所有时间遵循所有事情。永远不要不遵循。在你还没有意识到的时候，便成为习惯，下次你再心情沮丧，它就自行运作。我像有钱人一样，有个全职佣人帮我料理一切——而且因为这个佣人就是我，不会侵犯隐私。状态最好时，系统给了我一种更流畅的生活体验。我的日子变得像梦一样，没有边际，没有生活中应有的障碍和混乱。一天又一天的独居之后，生活顺滑地到达一个点，我再也感觉不到自己，仿佛我不存在。

门铃在八点四十五分响起，我还是没有接到菲利普的电话。如果他在我和她一起时打来，我只要和她打声招呼离开就好了。如果她看着还是像个帮派成员呢？或者她可能会为自己的过分要求感觉非常抱歉，一见到我就开始说对不起。我去开门的时候，世界地图从墙上脱落，重重掉在地板上。但也可能并没有预示什么事情。

她比十四岁的时候看起来成熟多了。她是个女人了。太女人了，简直让我在一瞬间不知道自己是什么。她肩上背着一只巨大的紫色行李包。

“柯丽！欢迎！”她迅速后退了一步，以为我要拥抱她。“家里不用穿鞋，你可以把鞋放在这里。”我指了指，微笑着，等待着，又指了指。她看了看我的一排鞋，不同形状的棕色鞋子，然后又看了看她自己的鞋，仿佛是用粉色口香糖做的。

“我不想脱鞋。”她的嗓音惊人地低沉和沙哑。

我们站了一会儿。我让她等等，便去拿来一只塑料袋。她用特别茫然的神情看了我一眼，踢掉鞋子，放进袋子里。

“你出门的时候要记得锁住两道门锁，但如果在家，只锁一道就行。要是门铃响了，你可以打开这个，”——我打开前门上的小门往外看——“看看是谁，”等我转过身来，她已经在厨房里了。

“想吃什么请便，”我说着跑了过去，“把这里当作自己家就好。”她拿了两只苹果，往自己包里塞，但是看到一只上面有碰伤，就又换了一只。我带她去了熨衣房，她把薄荷糖放进嘴里，把糖纸留在了洗手巾上。

“这里没有电视吗？”

“电视在公共区域。客厅里。”

我们来到客厅，她盯着电视看。不是平板电视，但是很大，装在书架里。上面盖了一块小小的西藏织布。

“你有有线电视吗？”

“没有。但是我有一副很好的天线，能够非常清晰地接收到所有地方台。”我还没有说完，她就掏出手机开始在上面打字。我在那里站了一会儿，等着，直到她抬头看我，仿佛在说，你怎么还在这里。

我来到厨房，烧上水壶。眼角的余光依然能看到她，而且很难不去想卡尔的母亲是不是很丰满。苏珊娜尽管又高又迷人，却不能被形容为“肉弹”，而这个靠在沙发上的人令我想起这个词。不仅因为她的胸围——她的金色头发，棕色皮肤，魁梧身材。甚至可能有点超重。也可能没有，或许只是因为她穿衣的方式，绛红色的紧身低腰运动裤，几件背心，也可能是一件紫色胸罩和两件背心——她的肩膀上叠了好几根带子，她的脸很漂亮，但是比不过身体。眼睛和小小的鼻子之间距离太多。嘴巴下面也有些多余。下巴很大。她的五官显然比我好看，但是如果只看五官间的距离，我赢。她可能已经感谢过我；不会不知道准备一件小小的见面礼。水壶叫了。她从手机抬起视线，嘲弄地睁大眼睛，表示我看着便是那副模样。

到了晚饭时间，我问柯丽想不想和我一起吃鸡肉甘蓝土司。如果她因为晚饭吃吐司而吃惊，我会解释说这比米饭和面条容易做，却依然能够算作是主食。我不会一次性展示整个系统，只是这里一点，那里一点。她说她带了一点吃的。

“你需要盘子吗？”

“我直接吃就行。”

“叉子呢？”

“好的。”

我给了她叉子，调响手机铃声。“我在等一个重要电话。”我解释说。她看了看身后，想是在寻找那个或许对此感兴趣的人。

“你吃完以后，只需要洗洗叉子，然后和你的其他东西一起放在这里，”我指着架子上的小筒，里面装着她的杯子、碗、盘子、刀和勺子，“我的餐具放在这里，当然现在我还在用。”我敲了敲旁边那只空筒。

她看着两只筒，又看看她的叉子，又看看筒。

“我知道这样看起来很容易搞错，因为我们的餐具是一样的，但只要每样东西要么在使用，要么在洗，要么放在筒里，就不会出错。”

“其他餐具呢？”

“我这样做已经很多年了，因为没有什么比满池的脏盘子更糟的事了。”

“但是其他餐具呢？”

“嗯，我确实还有一些。比如说你想邀请朋友过来吃晚饭……”我越是试图不去看架子顶上的盒子，就越忍不住去看。她随着我的视线往上看，笑了。

到了第二天晚上，水池里都是脏餐具，而菲利普没有打来电话。因为熨衣房没有电视机，柯丽窝在客厅里，她的衣服、食物和无糖可乐都放在距离沙发触手可及处，还在沙发上装备了自己的印花大枕头和紫色睡袋。她在那里打电话，发短信，大部分时间在那里看电视。我把电脑搬回熨衣房，折起小床，塞回阁楼。我的脑袋还在天花板另外一边的时候，她解释说，有人上门来提供了免费试用的有线电视。

“你上班的时候来的。月底等我走了以后你可以取消。这样不会有费用。”

我没有为这件事情和她吵，因为这仿佛是她一定会走的担保。电视成天开着，不分昼夜，不管她有没有醒着，有没有在看。我听说过有这样的人，或者在电视里见过。三天以后，我把菲利普的名字写在一张纸上，然后撕碎，但是这把戏没用——过分寄予厚望时从来不会管用。我也试过反过来拨他的电话号码，结果什么都不是，又试过不拨区号，以及拨满十个数字，但是顺序随机。

柯丽开始散发出难闻的气味，肉汤般的，私人体味，她自己似乎没有意识到或者漠不关心。我以为她每天早晨都洗澡，用有毒的蓝色沐浴露和塑料甜味乳液。但事实上她不洗澡。她来的第二天没洗，后面那天也没洗。身上的味道盖过了她刺鼻的脚癣，她经过以后两秒钟才闻得见——狡猾的延迟。过了一个星期，她终于洗澡了，用的好像是我的洗发水。

“你可以用我的洗发水。”她从浴室出来的时候我对她说。她的头发往后梳着，脖子上挂了一块毛巾。

“我用了。”

我笑，她也笑——不是真的笑，而是挖苦轻蔑的狂笑，持续了好一会儿，变得愈发不可收拾，直到突然冷酷地停止。我眨了眨眼睛，头一次庆幸自己哭不出来，而她从我身边走过，肩膀撞到了我。我脸上的表情在说，嘿，看着点！在我的地盘上嘲笑我可不好，亏我还对你那么慷慨。这次就算了，但是我希望你以后的态度能有180度转弯，年轻女士。但是她在拨电话，没有看到我的表情。我也掏出电话拨了起来。十个数字，正确的顺序。

“你好啊！”我大声说。她猛地转头。她可能以为我不认识任何人。

“你好，”他说，“谢丽尔？”

“是啊，是谢尔宝宝。”我吼叫着，漫不经心地回到房间。迅速关上了门。

“刚刚不是我真正的声音，”我低声说，蜷缩在床后面，“我们不必讲话，我只是需要假装打一个电话，碰巧拨了你的号码。”这句话的开头听起来比结尾可信。

“我很抱歉，”菲利普说，“我说好要打电话，结果没有打。”

“嗯，我们扯平了，因为我利用你打了示威电话。”

“我觉得我只是害怕了。”

“害怕我？”

“是啊，还有社会。你听得到我说话吗？我在开车。”

“你去哪里？”

“去杂货店。拉尔夫商店。让我问你一个问题：你介意年龄差异吗？你会考虑一个比你老很多或者比你年轻很多的情人吗？”

我的牙齿开始打战，太多能量同时出现。菲利普比我大二十二岁。

“这是在忏悔吗？”

“与此相关。”

“好吧，我的回答是，是的，我会考虑，”我托住下巴好让牙齿安静下来，“你呢？”

“你真的想知道吗，谢丽尔？”

是啊！

“是啊。”

“我觉得每个同时活在地球上的人都是合理的对象。大部分人都将太年轻或者太老，他们的一生甚至无法和自己的重叠——这些人就不在范围之内。”

“从很多层面来说都是如此。”

“没错。所以如果一个人正巧出生在你生命的这一小段时间里，为什么还要去计较年份？这简直是亵渎。”

“但有些人是几乎不重叠，”我提议，“那些人可能也不在范围之内？”

“你是在说……”

“婴儿们？”

“嗯，我不知道，”他沉思着说，“这必须是相互的。而且双方都要确确实实地感到自在。我觉得婴儿的话，如果可以确定婴儿也有相同的感觉，那么这种关系有可能只是感官的，或者仅仅是具有能量的。但是依然浪漫且有意义。”他停了停。“我知道这种想法有争议，但我想你能够理解。”

“我能理解。”他很紧张——男人总是认为在他们倾吐了感受之后就会遭到可怕罪行的指责。为了安抚他，我描述了库贝尔可·邦迪，我们失联的三十年。

“所以他不是一个婴儿——他是很多个？”他的语调是不是在奇怪地上扬？他是嫉妒吗？

“不，他是一个婴儿。但是他化身为很多个婴儿。或者说宿主，可能这个词语更好。”

“明白了。库贝尔可——这是一个捷克斯洛伐克名字吗？”

“我只是这样叫他。是我编出来的。”

他好像停了车。我在想我们是不是要电话性爱。我以前从没这样做过，但是我认为我会很擅长。有些人觉得活在当下享受性爱很重要，和另外一个人在一起很重要；对我来说重要的却是屏蔽那些人，用我的东西尽可能全部地替换他们。在电话上这样做容易多了。我的东西只不过是一个我常常想起的特殊私密幻想。我问他穿了什么。

“裤子，衬衫。袜子。鞋。”

“听起来不错。你有什么想告诉我的吗？”

"好像没有。"

"没有忏悔？"

他紧张地大笑。"谢丽尔？我到了。"

有一瞬间我以为他说的是他到我家了，就在外面。但他是说拉尔夫商店。这是不是一个隐晦的邀请？

假设他住在东面，那么就有两个他可能会去的拉尔夫商店。我套上一件一直留着的男式细条纹正装衬衫。看到我穿着这个会让他不知不觉地以为我们刚刚一起醒来，我套着他的衬衫。有种休闲感。购物环保袋在厨房里；我试图溜进溜出不让柯丽注意到。

"你去商店吗？我需要一些东西。"

很难跟她解释清楚我并不是真的要去买东西。她把脚搁在仪表板上，脏兮兮的晒成棕色的脚趾上套着浅蓝色的人字拖。臭气熏天。

我犹豫再三以后选择了更高档的那家拉尔夫商店。我们在加工食物货架间来来回回，柯丽推着推车走在我前面，她的胸部大得可笑。女人上下打量着她，又移开视线。男人则不——他们经过以后还盯着不放，好看看她的背影。我转头严厉地瞪他们，他们根本不在乎。有些男人还打招呼，仿佛认识她，或者仿佛从现在开始认识她。好几个拉尔夫商店的员工问她是否需要帮忙找什么东西。我在每个转角都准备好巧遇菲利普，他会很高兴，我们会一起购物，如同在此生之前已经在一起成百上千辈子的老夫妇。要么是我刚好错过了他，要么就是他在另外那家拉尔夫商店。收银队伍里排在我们前面的男人自然而然地和柯丽说起他有多爱他那个正坐在购物车里的胖儿子。他说他在有孩子前就已经知道什么是爱，但是现实中没有什么能和他对自己孩子的爱相提并论。我和那个宝宝交换了视线，但是我们之间没有共鸣。他愚蠢地张着嘴。一个红头发的打包男孩匆匆扔下自己那一队，跑过来给柯丽打包。

她买了十四包冷冻食物、一箱杯面、一条白面包、三升无糖可乐。我买的一卷厕纸正好可以放进我的双肩包里。回去的路上我评价了几句洛菲利斯社区衰落之前的多样性。我穿着男式衬衫感觉很傻；车里弥漫着失望气息。她正在检查小腿上往里长的汗毛，并用指甲把它们拔出来。

“那么你到底追求什么，表演的智慧？”我说。

“你是什么意思？”

“像是你希望在电影里演什么角色？还是剧院？”

“哦。这是我妈说的吗？”她嗤之以鼻，“我对表演没有兴趣。”

这不是什么好消息。我还指望能喘口气，比如说会议或者试镜，能让她离开我的家。

我直接从平底锅吃了甘蓝和鸡蛋，没有给她。早早上床。我在房间的黑暗中听着她做的每件事情。打开电视，接着嗒嗒去了厕所，冲水，没有洗手，去车里拿东西，关车门，关前门。打开冰箱，打开冷藏柜，然后传来陌生的哔哔声。我从床上跳起来。

“这个不能用，”我揉着眼睛说，柯丽正在按微波炉的按钮，

“这是房子里本来就有的，已经放了一百万年了。不安全，而且坏了。”

“嗯，我就是试试。”她说着按了开始键。微波炉呼呼作响，里面的饭菜缓慢转动。她透过玻璃看着。“还行啊。”

“我会离远些。辐射。对你的生殖器官不好。”她盯着我光溜溜的腿。我不太露出腿，所以没有刮毛。不是出于什么政治立场，不过是节约时间。我回到床上。微波炉叮了，门开了，又关上。

为了躲开里克，我星期四早晨七点就溜了出去。正当我要跨进办公室的时候，他打来电话。

“非常抱歉打扰你，小姐，但是你家里有个女人，她赶我走。”

我惊讶于他竟然有我的号码，或者他竟然有一个手机。

“不好意思，她要和你讲话。”

砰的一声，手机掉地上了，柯丽接过电话。

“他就这样走进你家，没有车也没有其他任何东西。”她别过头去，“我能看看你的证件吗？或者名片？”我被她的粗鲁搞得不好意思。但是或许我再也不用见到他了。

“你好啊，柯丽，抱歉我忘了介绍里克；他打理花园。”可能她会禁止他回来，而我对此也无能为力。

“你付他多少钱？”

“我——有时候给他二十块。”不付钱；我从没给过他任何东西。我突然感觉自己被严厉地批评和指责。“他算是家人。”我解释。无论如何都不是真的——我甚至不知道他姓什么。“你能让他接电话吗？”

她做了什么，听起来像是把手机扔在了地上。

里克接起电话。“可能现在时机不对？”

“太抱歉了，她态度不好。”

“我和戈登法布家有过约定……他们很感激……但是可能你——”

“我比戈登法布家更感激。*Mi casa es tu casa.*[1]”

“什么？”

我一直以为他是拉丁裔，但其实可能不是。无论如何，都不应该这样说。

“请继续好好工作吧，这是一个误会。”

“下个月的第三个星期，我得换到星期二过来。”

“没问题啊，里克。”

“谢谢，还有你的客人要待多久？”他礼貌地问。

“不会很久，她过几天就走了，到时候一切都会恢复正常。”

1 西班牙语：“我家就是你家。”——本书所有注释除注明外，均为译注。

第三章

熨衣房和卧室是我的领地，客厅和厨房是她的领地。前门和洗手间是中立区域。我从厨房拿食物的时候，急急忙忙，弯腰驼背，像在偷东西。我一边吃，一边从熨衣房高高的窗户往外看，听着她的电视节目。主角们总是在大喊大叫，所以不看画面也跟得上情节。星期五我们视频会议的时候，吉姆问怎么那么吵。

“是柯丽，”我说，“记得吗？她和我住在一起，直到她找到工作？”

同事们没有抓住这个机会给予我表扬和同情，反而陷入了内疚的沉默。特别是米歇尔。一个穿着紫红色毛衣的人从吉姆身后信步穿过办公室。我伸长了脑袋。

“那是——那是谁啊？”

“菲利普，”米歇尔尖声说，“他送了一台咖啡机给员工厨房。”

他又走了过去，拿着一只小杯子。

“菲利普！”我叫起来。那个身影茫然地停下来。

“是谢丽尔。”吉姆指着屏幕说。

菲利普朝电脑走来，俯身进入了视线。他看到我的时候，把巨大的指尖指向摄像头——我也飞快地指向自己的摄像头。我们“接触”了。他微笑着走开，离开了屏幕。

“你们在干吗？”吉姆说。

开完会以后我穿上浴袍来到厨房。我厌倦了躲藏。如果她态度粗鲁，我就随她去。她穿着一件大大的T恤，上面印着**击，托，杀……我们喜欢这样**！她要么是下面什么都没穿，要么是短裤被T恤完全遮住了。她好像在等水烧开。这是好事，可能她重新考虑了微波炉的事情。

“热水够两个人吗？”

她耸耸肩。我猜想等到倒水的时候就知道了。我从我的筒里拿出马克杯：尽管水池里堆满了餐具，我还是只使用自己的那套。我靠在墙上，按摩肩膀，没精打采地对着空气微笑。去，去，去，随她去。我们等着水烧开。她把叉子插在我的香料平底锅里一层层钙化的食物上，仿佛它是活的。

“这是在增添口味。”我戒备地说，暂时忘记了随她去。

她笑起来，呵，呵，呵，我没有继续辩解，反而加入了她，笑声不知道怎么地让这变得滑稽，真的滑稽——平底锅，甚至我自己。我的胸口感觉轻盈和开放，我惊讶于宇宙和它恶作剧的方式。

“你为什么笑啊？”她的脸突然沉了下来。

“因为——”我指指平底锅。

“你以为我在笑平底锅？哈哈哈笑你对脏锅的态度很怪，还有你做事情的滑稽方式？”

“不是。”

“是的，你就是这样想的，”她朝我走近一步，直冲着我说，“我笑是因为”——我感到她的眼睛看着我的白头发，我的脸，脸上粗大的毛孔——“你非常可悲。非常非常，可悲。”说可悲的时候她用手掌按住我的胸骨，把我按平在墙上。我不由哼了一声，心脏开始猛跳。她能用手掌感觉到。她露出兴奋的表情，用了一点力，又用了一点力，每次都停一会儿好像是在给我机会回应。我准备说嘿，你快要越界了，或者你正在越界，或者好吧，可以了，你已经越界了，但是突然我感到我的骨头真的受了伤，不仅是胸口，我的肩胛骨正被碾进墙壁，我想要活着，想要完整，想要不受伤。于是我说：“好吧。我是很可悲，”水壶叫了起来。

“什么？”

“我很可悲。”

“你可悲不可悲关我什么事。”

我飞快地赞同地点点头，表示我多么彻底地站在她那一边，反对我自己。水壶在尖叫。她松开手，把水倒进塑料杯面里——

她并没有让步，只是厌烦我们之间的关系。我走开了，一个双腿麻木的自由女性。

我蜷缩在床上，压抑着我的癔球。刚刚我身处的情况应该叫什么？怎么分类？我曾经被打劫过，二十多岁在西雅图的时候，之后有过类似的感觉。但是当时我去了警察局，而现在这种情境我不能这样做。

我给在奥哈伊的老板打了电话，卡尔立刻接了。

“公事还是闲聊？”他说。

“是柯丽的事情，”我低声说，“她过来住很好，但是我觉得——”

“等一下。苏珊——接电话！柯丽惹麻烦了！不是那个电话——是走廊的那个！”

“喂？”电话断断续续，苏珊娜的声音几乎听不见。

“你在用那个破电话！”卡尔大叫。

“我没有！”苏珊吼，“我在用走廊的电话！我们为什么要同时接电话？”她挂了走廊的电话，但是仍然能从卡尔那头听到她远远的声音。“你挂了电话，我自己和谢丽尔讲。”

“你一整天都对我很凶，苏珊。”

苏珊娜接起电话，但是把听筒拿到嘴边前停了一下。“你能不能走开？我不需要你监视我的一举一动。”

“你是要给她钱吗？”卡尔低声说，却仿佛比他平常的声音更响。

“当然不给。你以为我总是在发钱——”苏珊娜用手捂住电话。我等着，心想既然他们都认为不应该给我钱，那有什么好吵的。

“谢丽尔！”她拿起电话。

“你好。”

“很抱歉，我现在并不享受这段婚姻。”

“哦，不。”我说，尽管他们向来如此，要么如此，要么就互相如痴如醉。

“他让我感觉一无是处，”她说着，又对卡尔说，“好啦，走开——这是私人交谈，我想说什么都可以，”接着又对我说，“你好吗？”

“很好。”

“我们还没有感谢你收留柯丽，但是我们真的很感激，”——她的声音变得含糊，吞吞吐吐，我能想象她的睫毛膏都晕了——“她现在看到了好榜样。你要知道她在奥哈伊长大。”

卡尔拿起电话。

“请不要介意这些戏码，谢丽尔，你不必听她讲，随时想挂电话都行。”

“去你的，卡尔，我正要说重点。每个人都觉得搬出城去抚养孩子是个了不起的主意。好吧，那么你的孩子反对堕胎和反对枪支管理时就不要吃惊。你应该见见她的朋友。她去试镜了吗？”

“我不太清楚。”

“你能让她听电话吗？”

我想知道如果我现在想挂电话还能不能挂。

“我可以叫她给你回电话。”

“谢丽尔，亲爱的，让她接个电话。”她能看得出来我怕她的女儿。

我打开门。柯丽在沙发上吃拉面。

“是你妈。”我把电话递给她。

柯丽一把接过，大步流星地去了后院，砰地关上了门。我看着她在窗前走过，嘴巴说个不停。这家人对彼此有着巨大影响，他们始终处于激情的阵痛中。我抱着手肘，看着地板。地毯上有一条鲜橙色的奇多芝士条。旁边是一只空的无糖可乐罐头，罐头旁边是一条绿色蕾丝丁字裤，裆部有白色痕迹。这还只是我脚边的区域。我摸了摸喉咙，硬得像石头，但还没有到只能把唾沫吐掉而不能吞咽的程度。

柯丽冲进来。

“有个叫什么来着的人，”——她看了看屏幕——“菲利普·贝特尔海姆打了你三个电话。”

我在车里回他电话。当他问我好不好的时候，我相当于是大哭了——我的喉咙抽紧，皱着脸，发出一个听不见的尖利高音。接着我听到一阵抽泣，菲利普在哭——大声地哭。

“哦，不，这是怎么了？”我们隔着屏幕触碰手指的时候他看起来还不错。

“没什么，我没事，就是之前我说过的事情。”他擤着黏糊糊的鼻子。

“忏悔。”

“是啊。我真傻。”

他笑起来，于是哭得更厉害了。他喘着气说：“这样——可以吗？我能不能就这样——哭——一会儿？”

我说当然可以。我可以下次再和他说柯丽的事情。

起初我的允许仿佛制止住了他，但是过了一会儿他又爆发出一种新的哭泣，看得出来他喜欢这样——他哭得好像一个孩子，喘不过气的，失控的，安慰不了的小男孩。但我还是安慰了他，我说：“嘘—嘘—嘘，”还有“就这样，哭出来就好。”每句话仿佛都刚刚好，让他哭得更厉害了。我真的感觉到了一部分，仿佛我正在帮助他到达某个他一直想去的地方，他怀着感激和震惊而哭泣。这样想真是非常不可思议，而随着时间流逝，我有时间这样想。我看着自己家的窗帘，希望柯丽没有在里面打碎东西。我怀疑可曾有过任何男人哭得那么厉害，甚至成年女人都不这样。我们或许会在下坡的某个时刻互换角色，到时候他会引导我大哭。我能想象他温柔地哄我落下眼泪；带来不可阻挡的宽慰。“你真美。”他会说，抚摸我沾着泪痕的脸颊，把我的手拉到他的裤子前。车子座椅几乎毫不费力地放平了；他开始新一轮的抽泣时，我悄悄解开裤子，手往下滑。我们会擤擤鼻涕，脱去衣服，但是只脱需要脱的衣服。比如，我会穿着衬衫、袜子，甚至鞋子，菲利普也一样。我们会完全脱去裤子和短裤，但是不会叠好，否则穿的时候还得再抖开。我们会把裤子以之后方便再穿上的方式放在地上。接着我们并排躺在床上，拥抱，接吻，菲利普会爬到我上面来，把他的家伙塞在我的两腿之间，然后用低沉，命令的口吻说："想想你的东西。"我会微笑，感谢他允许我进入内心，闭上眼睛——想象自己来到一个熟悉的房间，我们的裤子放在地上，菲利普在我上面和里面。他用低沉命令的口吻说："想想你的东西。"我心里充满感激和宽慰，比上次更强烈。我闭上眼睛，再次想象我自己来到一个熟悉的房间，一个幻想，套着一个幻想，再套着一个幻想，持续不断，剧烈累计，直到我深深进入自我，再也无法前进。就是这样，这就是我的东西，我喜欢在性交或者自慰的时候想这些。它在我腹股沟突然抽紧时结束，伴随着一阵放松的疲乏。

我重新扣好裤子的时候，他放慢了哭泣，试图喘过气来。他擤了几次鼻子。我说："就这样，会好的。"他又哭了一小会儿，大概只是出于礼貌地回应我。最后终于安静了。

"这样真的真的感觉很好，"

"是啊，"我赞同，"不可思议。"

"我很吃惊，我通常不在其他人面前哭。和你却不一样。"

"是不是感觉我们认识的时间比实际更长？"

"有点。"

我可以告诉他，或者我不能告诉他。我决定告诉他。

“可能是有原因的。”我冒险说。

“是吧。”他又擤了擤鼻子。

“你知道什么原因吗？”

“给我一点线索。”

“线索。让我想想……实际上，我不能给你线索。没有零碎的部分，它是一体的。”

我深深呼了口气，闭上眼睛。

“我看见一片崎岖的苔原和一个匍匐着的猿人，和我很像。她用动物内脏做了一个袋子，现在她把袋子给了她的同伴，一个强壮的，毛茸茸的猿人，和你很像。他用粗壮的手指在袋子里摸索，掏出来一块彩色的石头。是她给他的礼物。你知道我在说什么吗？”

“有点？你在说两个和我们很像的洞穴人。”

“两个就是我们的洞穴人。”

“对，我不太肯定——好吧。转世投胎？”

“我不明白这个词语。”

“嗯，对，我也不明白。”

“但是当然，我还想象我们在中世纪，穿着长袍抱在一起。我想象我们都戴着王冠。我想象我们在四十年代。”

“1940年代？”

“是啊。”

“我是1948年出生的。”

“那就对了，因为我正在想象我们是一对四十年代的老夫妇。这可能就是上辈子的事情。”我停下来。我说了很多话，太多了吗？这取决于他接下来说什么。他清了清喉咙，接着沉默了。可能他什么都不会说，这是男人最糟糕的地方。

“是什么让我们不断相遇？”他安静地说。

我对着电话微笑。他问我问题真是太好了。此刻，蜷缩在暖洋洋的车里，面对这个无法回答的问题——这可能是我所有的轮回中最美好的时刻。

“我不知道。”我低声说。我轻轻地把头靠在方向盘上，我们在时间长河中一起沉默地游荡。

“你星期五晚饭有什么打算，谢丽尔？我准备好忏悔了。”

这个星期剩下的日子飞逝。一切都很棒，我原谅所有人，包括柯丽，尽管没有当着她的面。她还年轻！在员工厨房里站着吃午饭时，吉姆说服我，现在的年轻人比起我们当时来，暴露更多身体；比如他的侄女：非常身体女孩。

“他们太粗俗了。”我说。

“他们不害怕展示情感。”他说。

“这样也未必是好事吧？”我提议。

“这样很健康。”他说。

“从长远来看是这样，没错。”我说，“可能吧。”

“他们拥抱得更多，”他说，“比我们多。”

“拥抱。”我说。

“男孩和女孩拥抱，不掺杂爱情。”

我得出的结论是——得出结论很重要，因为你不会希望各种想法只是一再继续，没有分类，没有结论——如今的女孩，当她们没在不掺杂爱情地拥抱男孩时，就普遍表现得很好斗。我年轻时的女孩生起气来情绪内向，她们割伤自己，变得抑郁，现在的女孩则啊啊啊叫着把人按在墙上。谁又能说哪种方式更好呢？过去女孩自己受伤，现在另外一个无缘无故的人受伤，女孩自己倒没事。就公平来说，可能还是过去好。

星期五晚上，我又穿上细条纹衬衫，涂了一点点灰褐色眼影。我的发型看上去很好——有一点像朱莉·安德鲁丝，有一点像杰拉尔丁·费拉罗[1]。菲利普按喇叭的时候，我匆匆穿过客厅，希望可以绕开柯丽。

“过来。”她说。她正站在厨房门口，吃一块白吐司。

我指指门。

“过来。”

我走了过去。

“什么声音这么吵？”

“我的手镯？”我说着晃了晃手腕。我带着一对叮当响的手

1 杰拉尔丁·费拉罗（Geraldine Ferraro，1935—2011），美国女政治家，民主党人，是美国第一位在主要政党名单上参选副总统的女性。——编注

镯，以防男式衬衫让我看起来没有女人味。她用大手抓起我的胳膊，慢慢捏紧。

“你打扮过了，”她说，“你想打扮漂亮，而这个”——她捏得更重——“就是你打扮出来的结果。”

他按了两次喇叭。

她又咬了一口吐司。“是谁？”

“他叫菲利普。”

“是约会吗？”

“不是。”

我盯着天花板。可能她总这么做，所以知道皮肤在彻底破裂前可以承受一定分量的压力。希望她能记住这个尺度，不要过度。菲利普敲了敲前门。她吃完吐司，用空出来的手温柔地压低我的下巴，迫使我看着她的眼睛。

“我希望你对我有意见的时候就和我说，不要和我父母说。”

“我对你没意见。”我飞快地说。

“我也是这样告诉他们的。”我们保持着这样的姿势。菲利普又敲了门。我们依然保持。菲利普再敲。我们还是保持。接着她松开了我。

我打开一道刚好可以挤出去的门缝。

我们安全地驶出居民区以后，我叫他停车，我们检查了我的手腕；什么痕迹都没有。他打开车内灯：没有。我描述了她个子有多大，她抓我有多重，他说他可以想象，她捏的时候可能觉得只是普通力量，但是对于一个像我这么脆弱的人来说，却会受伤。

“我没有那么脆弱。”

“和她相比你当然是脆弱的。”

“你最近见过她吗？”

“好几年没有见过了。”

“她骨架很大。”我说，“很多男人觉得这样很迷人。”

“当然啦，这种身形的女人有足够的脂肪储备，即便她丈夫不能带肉回家，她也能喂奶给她的孩子吃。我很自信我是有能力带肉回家的。”

奶、脂肪储备、肉这几个词语比起瘦瘦的词语来，更快地在窗上蒙了雾气。我们仿佛在奶油色的云里。

“要不我们不要去餐厅了，”菲利普说，“去我家吃晚饭好不好？”

他开起车来像是住在他的路虎里面，胜券在握，不打闪灯，在车道间飞快穿梭。起初我不断回头看有没有撞到什么，我们是不是要死了，但是过了一会儿戒备心便烟消云散，我陷入加热的真皮座椅。穷人才害怕。这可能是我最开心的时刻。

他顶层公寓里的一切都是黑白灰。地板是一整片光滑的白色平面。没有私人物件——没有书、账单，或者朋友送给他的愚蠢的发条玩具。洗手液装在黑色的石头液压瓶里；有人把它从塑料盒里倒出来，装进了这个郑重其事的瓶子。菲利普放下钥匙，碰碰我的胳膊。“想知道什么疯狂的事情吗？”

“好啊。”

“我们的衬衫。”

我做出震惊的表情，有点太过头了，于是迅速调整为困惑的惊讶。

“你是女版的我。”

我的心脏坠来坠去，仿佛挂在一根长绳上。他说他希望我喜欢寿司。我问他洗手间在哪里。

洗手间里的一切都是白色的。我坐在马桶上，留恋地看着双腿。它们很快就会永远地和他的腿交织在一起，即便它们想要孤独，也再不会孤独。但是无法避免。我们有过好时光，我和我自己。我想象射杀一只老狗，一只忠诚的老狗，因为我对于自己来说就是一只老狗。去啊，孩子，接住。我看着自己顺从地往前跑。接着我放低步枪，实际上是我的肚子开始痛。没有想到会这样，可是一旦开始痛最好能够解决。我冲了水，洗了手，幸好我往马桶里看了看。它还在那里。不得不想象这是那只狗，挨了枪子，却不肯死。这样会不可收拾，我可以一再冲水，菲利普会想里面是怎么了，我不得不说，这只狗不肯优雅地死去。

就你现在对自己的了解，这只狗是你吗？

是的。

没必要杀了它，亲爱的女孩，他会说，并把漏勺伸进马桶。我们需要一只狗。

但是它太老了，还有奇怪的改变不了的习惯。

我也是，亲爱的。我们都是。

我又冲了一次水，冲下去了。我以后可以告诉他。

我们默默吃饭，我看到他的手微微发抖，知道是时候了。他要忏悔了。我坐在他对面开过上百次董事会，但是我从没仔细看过他的脸。这就如同知道月球是什么样的，却没有停下来找找月球上的人类。他的皱纹从眼角刻到脸颊。他的头发浓密，两侧卷曲，头顶稍稀疏。胡子拉碴，眉毛杂乱。我们像老朋友那样彼此微笑，从某种层面来说我们确实是老朋友。他长长吁了口气，我们又笑了一会儿。

“有些话我一直想对你说。”他开始了。

“说吧。”

他又笑起来。“你现在大概已经知道了。我把有些事情太当真了，但可能根本不是什么大事。”

“是又不是。”我说。

“正是这样，是又不是。对其他人来说是的，对我来说不是。我的意思是，并不是说这不是大事——非常巨大，只不过——”他停了停，长长地吁了一声。然后他低下头，一动不动。“我……爱上一个人……那个女人和我在各方面都很配，她挑逗我，让我动感情，使我低声下气。她十六岁。名叫柯尔斯滕。”

我第一个想到的是柯丽，仿佛她正在房间里，看着我的脸沉下来。她仰起头，发出沙哑的呵，呵，呵。我把指甲按进一片薄得像纸一样的生姜里。

“你怎么”——我试图吞咽，但是我的喉咙彻底锁住了——“认识柯丽斯滕的？”

“柯尔——耳朵的耳”——他摸着自己的耳朵，耳垂晃动，耳洞里探出一束灰色的毛——“斯滕。柯尔斯滕。我们在颅骶治疗课上认识的。”

呵，呵，呵。

我点点头。

“很厉害，是吧？十六岁？她遥遥领先。她是个非常聪明、进步的人——而且她的出身很不好，她的母亲神志不清，吸毒。但是柯尔斯滕却”——他眼神痛苦地喘了口气——“升华了。”

我假装喝了一小口葡萄酒，实际却只是含在嘴里存着。

“她对你也有相同的感觉吗？”

他点点头。“事实上是她在推进。”

“哦，所以你们还没有……”

“没有。直到最近她都在和其他人约会。是我们的老师。他是个年轻人，和她的年龄接近很多。一个非常好的人——从某些方面来说，我认为她应该和他在一起。”

“或许他会让她回心转意。”我说。

“谢丽尔，”他突然握住我的手，“我们需要你的祝福。”

他的手又热又重，只有真正的手是这样的。上百只想象中的手都不会那么温暖。我盯着他粗粗短短的指甲。

“我不知道你是什么意思。”

“嗯，我想，而且她也想——但是吸引力太强了，我们几乎无法相信。这是真的吗，还是禁忌的力量？我和她说过你的事情，还有我们的关系。我解释说你是多么强大，多么女性主义，你一个人住，她认为我们应该听听你的意见。”

我又把酒吐回杯子。“你在解释我们关系的时候，是怎么说的？”

“我说你……”——他低头看着我红色的关节——“是一个很值得我学习的人。”他加了把劲和我手指交叉。“我告诉她你在男子气概和女性能量间平衡得多么好。”我们的手指来回抽动，制造出小小的波浪。“你可以从男性视角来看问题，又不会被阳气蒙蔽。”

现在我们双手相握，互相直视对方的眼睛。我们之间的过往压在我们身上，成百上千辈子的做爱。我们站起来，彼此只有一英寸炽热的距离，我们的手掌压在一起。

“谢丽尔。”他低声说。

“菲利普。”

“我没法睡觉，我没法思考。我快要疯了。”

现在只有半英寸了。我心脏悸动。

“我们没有长辈，”他哀叹，“没有人能指导我们。你能指导我们吗？”

“但我比你年轻。”

“可能吧。”

“我是比你年轻。我比你小二十二岁。”

“而我比她大四十九岁。”他呼吸着，“你就告诉我这样行不行。我不希望你这样的人认为我是——我甚至说不出口。这和她的年纪没有关系——你看得出来，对吗？”

我每次吸气，肚子柔软的圆弧便抵住他的腹股沟，我每次呼气，它又温柔地收回。吸气，呼气，吸气，呼气。我的呼吸变得又急又快，冲刺般的呼吸，而菲利普拽着我的手。再过一秒钟，我就要用我天真的没有指头的肚子抚摸和探索他了，上下震颤。我走开了。

“这是个艰难的决定。”我从地上捡起餐巾，小心地盖在那排没有吃过的粉色鱼肉上。“我得认真想想。”

“好的。”菲利普说，挺直身体，眨着眼睛，好像我突然打开了灯。他跟着我来到衣帽间，我找到了我的手提包和夹克。“然后呢？”

“然后等我想好了我会告诉你的。现在麻烦送我回家吧。”

柯丽半睡半醒地在看电视。我回家的时候，她吃惊地抬头看着我，好像这不是我的家似的。看到她漂亮的脸蛋和巨大的下巴我就生气。我把手提包扔在咖啡桌上，在她搬进来之前，我一直把包放在那里。

“你应该打起精神来找个工作。”我说着摆正了椅子。“或者我应该打电话给你父母，告诉他们这里的情况。”

她朝我缓缓微笑，眯起眼睛。

“发生了什么？”她说。

我张开嘴。却无法说出她冒犯我的简单事实。突然我感觉犹豫，仿佛她知道什么我的事情，仿佛在法庭上，我才是犯错的人。

“而且不管怎么说，”她拿起遥控器，“我有工作了。”

这好像不太可能。

“太好了。哪里？”

“超市，我们去过的那个。”

“你到拉尔夫商店填了申请表格，然后去面试了？”

“没有，是他们问我的——上次去的时候。我明天开始上班。”

我能想象一个男人颤抖着双手把名牌别在她的胸口，我想起菲利普如何谈论她的脂肪储备。几个小时之前我们坐在他的车里，我还在想，我们不要浪费时间说她了，我们还有很多话要对彼此讲。我扯起她的睡袋一角，抽出一个沙发靠垫。

“这个沙发不应该被当作床来用。你得拍打靠垫，这样它们才不会永久变形。”我拍打了一遍，又去扯另外一个——她正坐在上面的那个。我的肌肉用力；我知道这是个可怕的主意，但我还是不断扯那个靠垫。扯。扯。

我甚至都没有看到她起身。她用胳膊卡住我的脖子，把我往后拉。我摔倒在沙发上——喘不过气来。我还没能找到平衡，她就用膝盖推着我坐了下来。我愚蠢地在空中乱抓。她按住我的肩膀，专注地看着我脸上惊恐的表情。然后她突然松开手，走开了。

我躺在那里不受控制地发抖。她咔嗒一声锁上了浴室的门。

菲利普早晨一醒来就打来电话。

“柯尔斯滕和我都在想你有没有思考好。”

“我能问一个问题吗？”我按着小腿上方后侧的一块乌青。

“随便问。”菲利普说。

“她美吗？”

“这会不会影响你的决定？”

“不会。”

“很美。”

“她的头发是什么颜色的？”

“金色。”

我朝手帕里吐了口唾沫。我的癔球晚上肿起来了——我完全不能吞咽。

“不，我还没有想好。”

接下来的三个小时，我头脚颠倒地躺在床上。他爱上了十六岁的女孩。多年来我把自己训练成自己的佣人，这样当极端悲惨的情况发生时，我可以有人照顾。但是我的家不再像过去那样井井有条；柯丽毁掉了几年来的用心维护。所有的餐具都在外面，总体的混乱已经不适用拼车系统——我和肮脏的动物生活之间没有间隔。于是我在杯子里小便，打翻了一个，又没有清扫。我把面包嚼成泥，喝水润湿，直到可以像马一样啧啧咽下去。只有液体可以滑过癔球，而且必须假想一个吞咽情节。喝面包浆的时候，我是黑神驹[1]。喝普通水的时候，我是海蒂[2]，把金属长柄勺伸进井里。这是电影的结尾，她住在阿尔卑斯山。喝橙汁的时候，我是《甲壳虫贝利》漫画里面的长官，长官和甲壳虫贝利来到佛罗里达，畅饮橙汁。咕咚，咕咚，咕咚。这样有用，因为不是我自己，而是那些角色在吞咽，不假思索地——只不过是宏大故事中一个短暂的时刻。每种饮料都对应一个情节，除了啤酒和葡萄酒，因为当我发明这个技巧的时候，还不到能喝酒的年纪。我张着嘴，方便口水流出来。不仅是十六岁女孩，还是漂亮的金发十六岁女孩。她让他发疯。有人从后门进来。是里克。电视响了。不是里克。

她从拉尔夫商店回来；比我预想的晚。我坐直了身体，听她胡乱地跳转电视频道。我的背被她摔过的地方还在痛，但是这正好让我对癔球分心。我的脖子好像不属于自己，仿佛商人放错地方的公文包。我轻叩喉咙的时候，发出骨头的声响，突然肌肉收紧，收紧，像是抽紧的绳结——我慌乱了，在空中挥手——不要，不要，不要——

接着喉咙锁住了。

我在网上读到过这样的情况，但是从未发生在我身上。胸骨

1　黑神驹，出自 1979 年美国同名电影。讲述一个男孩在海难中与黑神驹一起漂流到荒岛以后建立起来的感情。

2　海蒂，出自 1937 年美国同名电影，又名《阿尔卑斯山的少女》。

甲状肌过分僵硬而卡住。有时候是永久的。

“测试，”我低声说，看看自己是否还能说话，“测试，测试。”我非常小心地摸到边桌上的药瓶，脖子一动不动。我想着海蒂的情节喝完了所有红。完全没有好转。我谨慎地直着脖子来到电话旁边，打给布鲁瓦亚尔医生，但是他在阿姆斯特丹；录音电话让我打 911 或者给露丝–安妮 · 蒂贝茨医生留下姓名和电话。我记得有机玻璃陈列架上的两沓名片——这是另外一位医生。那个负责给候诊室的蕨类植物浇水的人。我挂了电话，又打回去留下了我的姓名和电话。对治疗师来说这个留言太短了。

“我四十三岁，”我依然低声地补充。“普通身高。棕色头发，现在变成了灰色。没有孩子。谢谢，请回电。谢谢。”

蒂贝茨医生周二到周四接诊。当我建议今天周四去见她时，她反建议下周二。喝六天的液体，我会饿死的。她感觉到了我的痛苦，问我是否有危险。我说等到下周二的话，有可能。她说，如果我现在就过去的话，我们可以在她的午饭时间见面。

我开车去了相同的大楼，坐了相同的电梯，到了相同的楼层。门上布鲁瓦亚尔医生的名字换成了**露丝–安妮 · 蒂贝茨医生，执照临床社工**——一块塑料标签插在一个铝制长条里。我看了看走廊，心想还有多少间其他办公室是共用的。大部分病人永远不会知道；肯定不太有人需要两个不相关的专家的服务。前台区域没有人，我看了十五秒高尔夫杂志，门开了。

蒂贝茨医生高个子，有一头无精打采的灰发，以及一张中性的马脸；她让我想起什么人，但我不太确定是谁。这可能是好治疗师的征兆，所有人都看她脸熟。她问房间够不够暖和——她可以打开一个小取暖器。我说温度正好。

“你今天来是为什么？”

她的日程计划上放着一个饭盒。她在上一个病人之后飞快地吃过了？还是她在饿着肚子等待？“你想吃饭的话就吃吧，不用管我。”她耐心地微笑。“你准备好了就开始吧。”我在皮沙发上侧过身体，但是很快发现腿不够地方放，于是我又转正坐好；她不是那种治疗师。

我和她说了癔球症，还有我卡住的胸骨甲状肌。她问我能不能想起来什么触发事件。我还不想说菲利普的事情，于是就描述了我家的客人，她在客厅里走来走去的样子，晃着她巨大的，沉重的脑袋，像一只奶牛，一只臭气熏天的公牛。

“公牛是雄的。”蒂贝茨医生说。

但就是这样。女人会说很多话——担心很多事情——会付出和让步。女人会洗澡。

“她不洗澡？”

“几乎从来不洗。”

我描述了她对我家的彻底漠视，并且演示了她对我做的各种事情，我压住自己的胸口，捏自己的手腕。很难把自己的脑袋往后扯。

“这样看起来可能不痛，因为我自己做不好。”

“毫无疑问这样会痛，”她说，“那你怎么反抗的？”

我松开胳膊，坐了回去。

“你是什么意思？”

“你反击了吗？”

“你是说自卫？”

“当然。”

“哦，不是这么回事。这真的更算是恶劣态度。”我对自己笑笑，因为听起来我像是在否认。“你听说过掌心机构吗？自卫帮助你燃烧脂肪和锻炼肌肉？差不多都是我编造出来的。”

“你喊了吗？”

“没有。”

“你对她说不要这样了吗？”

“没有。”

蒂贝茨医生沉默了，像一个没有更多问题的律师。我皱起脸来，我的癔球痛苦地肿胀，她递给我一盒纸巾。

我突然想起来为什么她看着那么脸熟了。

她是布鲁瓦亚尔医生的接待员。太令人生气了。她到底是不是露丝–安妮·蒂贝茨，或者她也是露丝–安妮·蒂贝茨的接待员？她对蒂贝茨医生做了什么？我得要报告。但是我应该打电话给谁？这个冒充乔装的女人肯定会接电话。我慢慢收拾起手提包和毛衣。最好还是不要再和她继续掺和。

“今天真的很有帮助，谢谢你。”

“你还有三十分钟的时间。”

“我觉得不需要了。这是一个二十分钟的问题，而你已经解决了。”

她迟疑地抬头看着我。

“我还是得按照整个疗程来收费。”

我已经提前写好了支票，便从包里取了出来。

“如果可能的话，请把那三十分钟捐赠给付不起治疗费的人。”

“我不能那么做。”

“谢谢你。”

柯丽在拉尔夫商店，所以我待在家里，做热压按摩，慢慢放松我的喉咙。我不时用一只热的金属勺子压住喉咙，有人说这样有用。就当我觉得好像有感觉的时候，菲利普打来电话。

“我今晚要见柯尔斯滕。我八点去接她。”

我沉默。

“那么我八点前能听到你的答复吗？还是……”

“不行。”

“今晚都不行，还是只是八点前不行？”

我挂了。颤抖的愤怒静静地从我的胸口升入我的喉咙。肿块又卡住了，紧得好像生气的男人的拳头。或者我的拳头。我看着自己青筋毕露的手，慢慢握成拳。这是她说的反击吗？想到接待员自鸣得意的马脸，我的癔球更硬了。我跳起来扫视我的 DVD 收藏。我可能根本没有那张碟片。我有：《适者生存》。这不是我们最新的片子；这是四年前卡尔和苏珊娜给我的圣诞节礼物。我当然有很多机会在老工作室学习防身术，只是不想在同事们面前出丑。我们的 DVD（以及流媒体）除了可以燃烧脂肪和锻炼肌肉，最大的优点是你可以独自练习，没有人在旁边看。我按了播放键。

“嗨！我们开始吧！”这是夏米拉·泰伊，健美运动员。她不再参赛了，但是她依然很昂贵，而且很难请到。“我建议你在镜子前练习，你能看到自己的屁股变小。”我穿着睡衣站在客厅里。踢腿被称为踢腿，但是拳击被称为“砰”。“砰！砰，砰！”夏米拉说。“我睡觉也在砰！很快你也会！”膝盖踹腹股沟的动作被表演成了康康舞——“来吧，康康舞！”如果有人扼住你的脖子，用“蝴蝶招式”可以挣脱，并且可以强壮你的上臂。“这是第二十二条军规，”夏米拉最后打趣说，“你拥有了全新的肌肉体格，可能会招来更多打！”我跪下来，汗水从身体两侧往下淌，流进我的松紧腰带。

柯丽九点回家，带着一盒垃圾袋。我希望这是她的橄榄枝，因为我们家没有垃圾袋了，而且我真的没有任何想要和她过不去的念头。但是她用所有垃圾袋装了衣服，发霉的浴巾，食物和电子设备，显然都已经在她的车里放了很长时间。我看着她打包了四袋东西放在客厅墙角。每次咽口水都需要集中精力，但是我坚持住了，有些瘾球患者只能吐口水，他们到任何地方都必须带痰盂。

十一点十五分，菲利普发来消息。**她想让我告诉你，我隔着牛仔裤揉了她。我们觉得这不算。没有高潮。**都是大写，好像他正朝着他顶层公寓的窗外大喊。读了这条消息以后，画面很难抹去——紧绷绷的裤裆，他粗短的毛茸茸的手，野蛮地揉搓。我能听见柯丽在客厅里反刍般地把冰块嚼得嘎嘎响。咀嚼声太响了，以至于我心想她是不是故意这样做想要激怒我。我把耳朵贴在门上。现在她在模仿那种模仿——咀嚼声上有对双引号。等我意识到这种念头不会停止的时候已经太迟了——她的自我复制翻了四倍，然后是十六倍，她的眼球蹦出脑袋，被疯狂揉搓的牛仔裤，毒鳌般的牙齿，舌头在房间里四处抽打，冰块四溅。我唾在了袖子上，猛地拉开门，冲向沙发。她在睡袋里抬头看我，安静地反复嚼着一块冰块。

“请你可不可以请不要再发出那样的声音了？”我不该说两次请，但是我的声音很低，眼睛直视着她。我的手以戒备的姿势放在身前。我的心脏在身体里拼命跳，发出敲击的声响。如果她做了一个 DVD 上没有的动作怎么办？我低头确认我的姿势稳固。

她斜眼看着我，打量着我游移的手和站得稳稳的脚，然后仰起头来，在嘴巴里塞满冰块。我从她手里抢过杯子。她朝空空的手心眨眨眼睛，慢慢嚼着冰块，吞下，视线越过我看着电视。什么都不会发生；我们不会打起来。但是她知道我想这样做。她知道我都准备好了——一个四十三岁穿着衬衫的女性，准备好大干一场。而她此刻正在心里发笑。呵，呵，呵。

第四章

我花了一天的时间才平静下来，恢复了自尊。菲利普曾经用脆弱这个词语来形容我。一个脆弱的女人不会在她自己家里拳打脚踢。多么野蛮的想法！好像没有其他一百万种方法来处理冲突了。我给柯丽草拟了一封信。这封信简明扼要。大声朗读的话会很感人；请求她文明礼貌是我在向她展示一种少见的尊重。尊严随之而来。我唾在了一只空的杏仁黄油罐子里；用痰盂有点过于精致。她无需对我诚实的直白表示感谢，但如果她坚持，我也被迫接受。我接受了几次作为练习。我把信装在一个上面写着柯丽的信封里，贴在浴室的镜子上，然后就出门了，这样她读到的时候我就不在家。

我在埃塞俄比亚餐厅要叉子。他们解释说得用手吃，于是我就要求了外带，在星巴克拿了一把叉子，然后坐在车里。但是我的喉咙连那么软的肉都咽不下去。我把食物放在街沿给流浪汉吃。

埃塞俄比亚流浪汉会特别高兴。但是一想用这样的方式吃到家乡食物，又令人心碎。

我回家的时候她在吃她的感恩节晚餐，她最爱的微波食物。我担心那封信，但她看起来情绪很好——开着电视机发消息和看杂志。她状态不错。我换上睡衣，拿着化妆包去了浴室。上面写着柯丽的信封依然在镜子上。她要么是看到了没有打开，要么是还没有去过浴室。我爬上床查看了手机。什么都没有。菲利普始终还在隔着牛仔裤揉柯尔斯滕，依然没有高潮。牛仔裤现在都要破了，他的手指起了水泡，等待着我的许可。浴室里响起马桶冲水声。

过了一会儿我的卧室门打开了。

“客人是谁？”她说。房间很暗，我能看到她手里的信。

“谁？”

“下周五要来的客人，我得为了他搬出去。”

“哦，是个老朋友。”

“老朋友？”

“是啊。”

“叫什么名字？”

“他叫库贝尔可·邦迪。”

“听上去像编出来的。”她朝床边走来。

“嗯，我会告诉他你这么想。”

我下了床，慢慢避开她。如果我跑就会变成一场追逐，那就太可怕了，于是我强迫自己漫不经心地往门边走。还没走到她就关上了门。飞快的心跳和轻微的颤抖。夏米拉·泰伊称之为“肾上腺素项目”；一旦开始，就必须玩下去——不能停止或者倒退。黑暗让我失去方向，我分辨不出她在哪里，直到她往下按住我的头，像是把我按在池子里。

“想要摆脱我？”她喘着气说，“是这样吗？”

“不！”正确的词语，错误的时机。我试图起身，她又按住我。我听见自己喘气，挣扎。我们到哪一步了？我需要 DVD。我的鼻子离她的臭脚太近。我反胃，脸色发青。尖叫卡在了喉咙口，变成了刺耳的呻吟。我即将到达峰值，如果在恐惧的峰值不反击，那就永远不会反击了。你会死——可能不是身体意义上的，但是你会死。

从我的肺部迸发出从未有过的巨大响声。不是不，而是以前掌心机构的战斗呐喊：啊咦咦咦咦！我的大腿向上弹起，我几乎跃入空中。柯丽僵了一会儿，冲向我，把我推倒，试图按住我。太重了。我全力使用康康踢，踢了所能看到一切，一有机会就砰出了硬拳。她不断想要把我按在地上，直到我试了蝴蝶招式。成功了——我解脱了。她站起来，走出了房间。浴室的门咔嗒一下锁上，响起了水龙头的声音。

我躺在床边，大口大口地呼吸。悠长散漫的痛感沿着我的四肢轻轻震颤。消失了。不仅是瘾球，还有周围的所有组织，以及胸口的紧张和锁住的下颚。我左右摆头。细腻。一百万种微小、纤细的感知。皮肤因为她的所作所为而发烫，却松弛自如。我大笑，用一只胳膊做了波浪，通过肩膀传到另外一只胳膊。这个动作叫什么来着？电动滑步舞？谁是大傻瓜？傻帽小姐。我想象自己打着响板跳弗拉曼柯舞。浴室里还在放水，多么可悲的消极侵犯。想浪费多少水就浪费多少好了！如果她明天搬出去，周末之前我就能把房子打扫好。我去拿手机的时候，新肌肉疯狂地颤抖。我留下了姓名和电话，预约了下周二同样的时间。蒂贝茨医生的接待员是个骗子、小偷，以及非常好的治疗师。

第二天柯丽没有走。后面一天也没有。星期二她还在，但我还是去治疗了。我坐在露丝–安娜·蒂贝茨的沙发上时，接待员亲切地微笑着。

“你好——”

我打断了她。“在开始前，我能不能问你一些事情？”

“当然。”

“你有执照吗？”

“我有。我有加利福尼亚大学戴维斯分校的社会工作和临床心理学学位。”她指了指墙上镜框里面的纸，是露丝–安娜·蒂贝茨的学位证书。我正想要看看她的驾驶执照，她却继续说：“我不想侵犯你和布鲁瓦亚尔医生之间的病人隐私，但是我记得我为你预约过治疗时间。我是他的接待员，一年三次，当他使用这间办公室的时候。这可能会引起困扰。”

当然。我为什么没有想到这个显而易见的原因？我道歉了，她说没有关系，我又再次道歉。她的鞋子。是非常奢华的欧洲款式。她真的需要额外收入吗？

“你做接待员有多少收入？”

“一天大概一百美元。”

“比我付给你一小时的费用还少。”

她点点头：“我不是为了钱。我喜欢做接待员。接接电话，为布鲁瓦亚尔医生安排时间，是从这份工作的责任中美妙的暂时解脱。”

她说的一切都合情合理，但几秒钟后就感觉不对了。美妙的暂时解脱？听起来并不太妙。她向后靠了靠，等我开始说我的私人生活。我也等着，等待信任的感觉再次出现。房间里悄无声息。

“我想用洗手间。”我终于开口，只为了打破沉默。

“哦，亲爱的。你真的需要去吗？”

我点点头。

“好的。你有两个选择。候诊室里有一把挂着塑料鸭子的钥匙。你可以带着这把钥匙去九楼的洗手间，但是你得先坐电梯到大堂，让看门人用他的钥匙打开专用电梯。这个选择通常需要十五分钟。另外一个选择，如果你看看屏风后面，会看到很大一堆中餐外卖的盒子。你可以在屏风后面用，走的时候带走。你今天的治疗还有三十分钟。”

尿在盒子里发出非常尴尬的响声，但是我提醒自己她上的是加利福尼亚大学戴维斯分校。我还担心会满出来，但是没有。我手里捧着发热的盒子，从屏风上的小孔里偷看蒂贝茨医生。她正看着天花板。

“布鲁瓦亚尔医生结婚了吗？”

她一动不动。“他结婚了。他有一个妻子，家在阿姆斯特丹。”

“但是你和他的关系是……？”

“一年里有三天我扮演服从的角色。我们喜欢玩这个游戏，带来巨大满足感的成人游戏。”她的眼睛依然看着天花板，等着我接下来的问题。

“你们怎么认识的？”

“他是我的病人。后来，很多年以后，他早就不在我这里治疗了，我们在重生疗法课上再次相遇，他告诉我他在找办公室，于是我建议了这样的安排。那大概是八年前。”

“你只是建议了办公室，还是整件事情？”

“我是个成熟女性，谢丽尔——我想要什么就要，如果欲望不是相互的，至少我没有浪费时间去瞎琢磨。”

我从屏风后面出来，又坐了下来，小心翼翼地把外卖盒子放在我的手提包旁边。

“是性关系吗？”

“他可以和妻子做爱。如果我们不把自己的能量挤压进生殖器，这样的关系对我来说会更有力，也更动人。”

她的生殖器，挤压。这画面引起一阵恶心。我用指尖按住嘴，向前稍稍俯身。

“你病了吗？如果你想吐的话，旁边有垃圾桶。”她直接说。

“哦，不是因为这个——”我又碰了几次嘴唇说明这只是习惯动作，“你爱他吗？”

“爱？不。我和他没有理性或者情感的连接。我们都同意不坠入爱情；这是我们协议中的一条。”

我笑了。接着又收起笑容。她是严肃的。

“我知道普遍的逻辑是揣摩双方的意图更为浪漫。”她在空中扇动着大手。我想起羽毛凌乱的鸡，愚蠢，咯咯乱叫。

“协议是书面的还是口头的？”我的腿交叉在一起，抱着胳膊。

“你对所有这些新信息的感想如何？”她严肃地问。

“是律师起草的吗？”

“我从网上下载了一张表格。就是一份列表，有关在一段关系中可以做什么和不可以做什么。我这里没有。”

“没事。”我低声说，“我们还是谈谈其他的吧。”

“你想谈什么？”

我告诉她反击的事情。这个故事说出来没有我想象的那么得意，特别是柯丽现在还在我家里。

“她离开房间以后你什么感觉？”

“感觉好极了，我想。”

“那么现在呢？你的瘾球怎么样了？”

弗拉曼柯舞的感觉没有持续很久。早晨柯丽看起来并没有被我镇住——好像打了一架之后她更放松，更把这里当成自己家了。

“不太好。”我承认，用手稍稍压了压喉咙。露丝–安娜问她能不能摸；我俯身向前，她用四根手指轻轻地按了按我的喉结。至少她的手指闻起来很干净。

“很紧。太不舒服了。”

她的同情带来糟糕的回应。癔球出现并且抽紧；我梗着脖子缩了回去。真难相信就在不久前它还那么松弛。

“可能你今晚会感觉好些。”

“今晚？”

“如果你和柯丽再次”——她双手摆出拳击的姿势——“相遇。”

“哦，不，不，不——她得走。我的忍耐已经到了极限。”我想起米歇尔，她那么快就把她踢出来了。现在轮到吉姆了，或者仲子。

“但是如果癔球——”

我摇摇头。“还有其他办法——手术——好吧，不要，不做手术，但是可以做心理咨询。”

“这里就是心理咨询。”

我的视线落在露丝–安娜淡紫色的指甲上。刨光过，但是磨损了。接待员需要这样的指甲，但是治疗师不需要。不出三个月她又要做一次指甲护理。

我直接开车去到了掌心机构：这天是我去办公室的日子。所有员工在我看来都鬼鬼祟祟，好像他们在桌子底下没有穿裤子，生殖器也没有被挤压。我第一次见到露丝–安妮的时候，她在前台后面是不是也没有穿裤子？这是一个恶心和不卫生的念头；我摆脱了这个念头，开始工作。吉姆和我与 KickIt.com 的网站设计师一起头脑风暴，他是我们年轻的原创精神。米歇尔被叫过来协调媒体。她坐下之前清了清嗓子说："吉姆和谢丽尔可以自己做笔记；他们最擅长做笔记——"

吉姆打断了她。"坐吧，米歇尔。这是在团队工作时说的。"

她脸红了。伪日本办公习俗对新员工来说有点复杂。1988 年卡尔去日本参加一个武术艺术会议，受到当地文化的冲击。"他们每次遇见新的人都会送礼物，而且还包装得很好。"

他给我了一个用餐巾纸包着的东西，我当时还是实习生。

"这是餐巾纸吗？"

"在他们那里用织物做包装纸。但是我找不到。"

我打开餐巾纸，我自己的钱包掉了出来。

"这是我的钱包。"

"我不是真的在给你礼物——我只是在展示这种文化。礼物可以是一套小小的清酒杯或者其他什么东西。会议的头头就送了我那个。"

"你从我的包里拿的？你什么时候拿的啊？"

"你去洗手间的时候，几分钟前。"

他给办公室写了一张如何让氛围更日本的方针列表。我们其他人都没有去过日本，所以也很难知道那张列表是否可信。将近二十多年以后，我是办公室里唯一一个知道办公规则起源的人，但是我从来没有透露过，因为现在有真正的日裔美国人供职（仲子和负责教育及拓展的亚矢），我不想冒犯她们。

如果一桩任务需要团队合作——比如搬一张很重的桌子——必须从一个人开始，然后恭敬地停顿一会儿，第二个人才可以加入，他需要鞠躬说：“吉姆可以一个人搬这张桌子，他最擅长搬桌子，我帮他忙，即便我帮不上什么，因为我不擅长搬桌子。”接着，过一会儿，第三个人才能加入，先鞠躬和声明：“吉姆和谢丽尔可以单独搬桌子”，等等。以此类推，直到有足够的人来完成这桩任务。起初这件事情仿佛很累赘，接着变成了习惯，直到不这样做感觉很粗鲁，甚至是挑衅。

会议结束之后我叫住了米歇尔。

“我想和你聊聊。”

“我很抱歉。”

“干吗抱歉。”

“我不知道。”

“我想问问你柯丽的事情。”

她的脸色发灰。“卡尔和苏珊娜生我气了吗？”

“她有没有对你不好？”

她看着她的手。

“果真如此。她暴力吗？她有没有伤害你？”我继续说。

她看上去很吃惊，几乎目瞪口呆。

“不，当然没有，她只是……”她小心翼翼地选择词语，“我不太习惯她的举止。”

“就这样？你就因此赶走了她？”

“哦，我没有赶她，”她说，“她自己走的。她说她想和你住。”

我悄悄走进房间，即便她还在拉尔夫商店上班。我从来没有翻看过她的东西，也不想，但是坐我自己的沙发理所当然。我坐下来的时候她的尼龙睡袋散发出一股身体的气味。我小心地不去移动旧的食物包装纸，或者缠着金发的梳子，以及塞满彩色丁字裤的粉红塑胶袋。我把头放在她的枕头上，头皮的气味太强烈了，我屏住呼吸，不知道自己是否撑得住。我撑住了。我吸气，呼气。我的身体僵硬，几乎悬浮，不让紫色的睡袋碰到我的皮肤。我数到三，伸直膝盖，钻进睡袋躺好。里面很脏，几乎是潮的。门口有动静？我跳起来，不动声色——没有人，只是雨声；雨水敲在屋顶。我把尼龙内胆拉到下巴。她的窝没有她，显得极其脆弱，她的每样垃圾都暴露在惨白的午后光线里。我怀着感情吞咽，绷着瘾球轻轻微笑。我们在一起。我有了一个伙伴，一个队员。

今晚我要砰砰。蝴蝶式。咬。踢。

她选择了我。

尽快赶到拉尔夫商店的唯一办法就是跑。紧急情况早于汽车——必须是我独自飞奔，挺着胸，扬着头发。每个看到我的司机都想，*她正为了生命而跑，如果不及时赶到她就会死*，他们是对的。不过跑过去的距离比我预期的要远一些，而且雨变大了。我的衣服被雨水弄得沉甸甸，脸被冲刷了一次又一次。每个超过我的司机都想，*她是一只巨大的老鼠，或是其他什么饿到失去尊严的湿漉漉的胆小动物*。他们是对的。

我穿过杂货商店的时候吓到了其他人，一个怪物，奇怪之处在于她有多湿。收银员张大了嘴，熟食柜台后面的男人掉了一条鱼。我咯吱咯吱地走过一列通道，张望，张望。那个瘦瘦的红头发打包男孩心照不宣地笑笑，指着 15 号通道。

她背对着我。

她正把调味品从货盘转移到货架上。尖盖子的黄色芥末酱，一次四瓶。她厌烦地转身；*这又是哪个男人在看我？*她这么想着。但是这次不是男人。

她不自觉地缩了缩脑袋，好像在学校里看到了自己的妈。

“你来这里干吗？”

我用手指理了理滴水的头发，定定神。我对此刻毫无计划；她理应明白我现在已经知道了——我参与了进来。我们在玩一个游戏，一个成人游戏。我微笑着抬了好几次眉毛。她僵着嘴；她没有明白。

“我知道，”我说，“是怎么回事情。”为了避免混淆，我来来回回指着我们俩。

她生气地红了脸，飞快地扭头看看自己身后和四面八方，然后转身往货架上猛堆芥末酱。她明白了。

雨停了。回家路上，我的衣服干了，人也变高了。现在每个经过我的司机都想，这个人要么是刚刚毕业，要么是刚刚升职，要么是刚刚获奖。他们是对的。

她回家的时候我在洗碗。我把水开得很小以便能听到她的动静。开电视。像往常一样做每件事情。她走进厨房，拿了饭，站在我身后看微波炉转，然后在沙发上吃。我突然意识到什么都不会发生。我以前这样做过。曾经有很多很多次，我把意义加诸于毫无意义的事情上。我太傻了，以为菲利普还在揉搓柯尔斯滕的牛仔裤。他肯定已经脱掉了裤子，没有我的祝福也没问题。我让水流过双手，柯丽二十岁，她做的一切都毫无意义。

我穿上睡衣，早早上床，双手交叉在胸口。水龙头在厨房里滴水。我掀开被子站了起来。

我打开门的时候，她正在那里要进来。

我吓坏了，一瞬间忘记了这是个游戏。我从她身边走过，来到厨房，滴水的龙头必须关掉。她就在我身后。我正要出门时，她把我按在厨房的墙上，和第一次一样。她开始用力，我的骨头慌张起来，接着我的血管里却哼唱起一种旋律，有点像华尔兹——于是我跳起了华尔兹。我对她的手肘使用蝴蝶招式，它们反折过去。我靠着墙，一边保持平衡，一边试图把她的头往墙上敲。我开始康康踢的时候，她把我脸着地摔在地上，轻松地用膝盖按住我。上次她没有用全力——现在很明显能看出来了。有什么巨大的东西碾压着我的脊椎，我无法控制地尖叫，空中飘荡着我难听细小的声音。我试图用胳膊把自己撑起来，她用上半身压住我，坚硬的头颅抵住我的。

“你不许去店里。”她在我耳边厉声说，“我之所以去那里就是为了不看到你。”

我用尽全部力气，试图嘶吼着挣脱她。她看着我，一动不动。我放弃了。就当我的背部要燃烧起来时，内啡肽降临，和上次一样，但是更强烈。我的喉咙仿佛温暖松软的布丁，我贴着地板的脸感觉冰冷舒服。就像露丝–安娜说的，这是个带来无限满足的成人游戏。我侧着脸只能看到她下睫毛尖和上嘴唇的顶部，缀着汗水，气喘吁吁。她可能以为我看不到她。此刻我几乎感觉到深深的哀伤，尽管有什么地方剧痛——可能是从我背部辐射出来的疼痛太剧烈，也可能我说的哀伤就是指：疼痛。她慢慢从我身上翻落，我无声地呻吟着松了一口气。她没有立刻去浴室，却只是躺在那里，喘着气，我们的肩膀稍稍触碰。地板慢吞吞地旋转，我的胳膊和腿震颤发抖。她也有相同的感觉吗？时间像万花筒般流逝，然后慢慢地，厨房自己复原，吧台、水池，都在那里。柯丽翻身站起来时，我心里涌现出一种可笑的被抛弃感。她茫然麻木地朝门口走去，在最后一刻，飞快地扭头与我视线相会。我立刻用手肘撑起身体，想要问一个问题，但是她已经走了。

我迫不及待想见露丝–安妮，于是早到了十五分钟。我整理了车子，又在楼下大厅的礼品店里逛了一会儿。这里有股维生素味，而且太热了。一个印度孕妇正在看小精灵雕像。我转动着老花镜陈列架直到完全确认，然后我小心地站在她身边，拿起一个滑雪的小精灵。这个女人的肚子实在太大了，肚脐和我的距离比和她更靠近。

库贝尔可？

是我。我在你的肚子里吗？

不。你在别人肚子里。

紧接着是一阵伤感尴尬的沉默。我想方设法表达我们每次相遇时我感觉到的丧亲般的哀痛。我口袋里有条消息在震动。

抱歉。

她在我跟前脱光了：看到了她的乳房和屁股。唔。我什么都没做。我的祝福依然有效。当然有效。我应该相信他。我们有过共同的过往，中世纪，国王和王后——此刻我们如此。他问是什么让我们不断相遇呢，这都是这个问题的部分答案。他对我余情未了，我对他也是。而细节——短信——只不过是宇宙之谜。线索。我回去找库贝尔可的时候，孕妇已经走了。

露丝–安妮的沙发留有上一个病人的体温，她看起来神采奕奕。

“聊得不错？”

“什么？”

“你看着很开心。”

“哦，”她说，稍稍收敛了一些，“我刚刚吃过午饭——打了个瞌睡。你怎么样？”

所以沙发上的体温是她的。我用手指抚摸着皮革，想着怎么开始。

“你和布鲁瓦亚尔医生做的事情，那个——你们怎么说来着？”

“角色扮演？成人游戏？”

“是的。你觉得那很不同寻常吗？”

“什么叫不同寻常？”

“嗯，你觉得这有多常见。”

“我觉得比你以为的更常见。”

我告诉了她发生了什么——从米歇尔说的开始，到厨房地板结束。

“而且我的癔球消失了，直到现在！我不知道你看不看得出来——”我稍稍向前，吞了口水——“但是现在吞咽起来容易多了。这都要感谢你，露丝–安妮。”我从手提包里掏出一个盒子。

有的时候人们还没有打开礼物就先说谢谢——谢谢你想到我。露丝–安妮没有那么做；她看了一眼手表，一边草草拆开包装纸。是大豆蜡烛。不是小小的那种，而是装在玻璃罐子里的圆柱，带着木盖子。

"石榴醋栗味的。"我说。

她闻都没有闻就还给我了。

"我不觉得这是给我的。"

"是给你的。我刚刚买的。"我指指下面，一楼的礼品店。

她点点头，等着。

"你觉得是给谁的？"我终于说。

"你觉得是给谁的？"

"除了你？"

她点着头，慢慢闭上眼睛，又再次睁开。我紧张地捧着蜡烛，像是捧着烫手的土豆。

"我的父母？"

"为什么是你的父母？"

"我不知道。我只是想到因为这是治疗，所以这大概是正确答案。"

"你会想要送蜡烛给谁？蜡烛，火焰，光……亮光……"

"……灯芯……蜡……大豆……"

"谁？想想。"

"柯丽？"

"有意思。为什么是柯丽？"

"答案对了？柯丽？"

包装纸还很完整，所以我只是重新包了一下。柯丽在浴室的时候，我把蜡烛放在她的枕头上，但是它砰的一声掉了下来；她进来时，我正钻在咖啡桌底下。我本来不想当面交给她。

“给。”我把这个沉重的圆柱体递给她。香味浓烈，但是闻起来一点不像石榴或者醋栗，这两种东西都不以气味出名。这太明显是一个蜡烛了，用来送人的最呆板的礼物。柯丽撕开胶带，小心地闻闻。她看了看标签。最后她说：“谢谢你。”我说：“不客气。”很可怕，而且没有反悔的机会。

我把自己关在熨衣房里，给所有员工写了一封早就该写的邮件，关于回收、人口过剩和石油，然后我缓和了一些语气，然后删除了。淋浴喷头开了，她在洗澡。我打电话给吉姆，谈了谈仓库员工。

“克里斯托夫正在游说装个篮球筐。”他说。

“我们以前装过，结果没人干活了。”我希望他继续说篮球筐的事，这样我可以真的加强语气，然而他中断了。他的妻子在等他，他得挂了。

“吉娜好吗？”

但是他真的要挂了。

我走出熨衣房的时候是傍晚了。她正挨着沙发边坐着，膝盖张得大大的。她湿漉漉的头发往后梳，脖子上搭着条毛巾；看起来像个拳击手。她双手在胸口交叉，皱着眉头盯着前方。电视关着，她在等我。

我之前从没真的坐过我的扶手椅，一点也不舒服。

她低下头，认可我参加会面，从喉咙里发出一个声响，仿佛是在清痰。

“我可能给了你错误的……”——她寻找着合适的词语——“印象。”

她看着我，确保我知道这个词语，我点点头。

“我很喜欢你的礼物，但我不是……你知道。我喜欢鸡巴。”她嘶哑地咳嗽，然后唾在咖啡桌上一只空的百事可乐瓶子里。

“这么说来，我们在一条船上。”我说，想象我们一起待在小小的救生艇上，在黑暗辽阔的大海里喜欢着鸡巴。

“我的这种情绪更强烈。”她无意识地抖动膝盖，“我大概是所谓的‘厌女’或者其他什么。”

我从没听别人这样使用过这个词语，像一种取向。

“如果你想的话，我就停止。”她说，心不在焉地看着远处。起初我以为她指的是说话，停止说话。她不是指这个。

“你想停止吗？”我问。

“什么？”

“停止。”

她耸耸肩，完全无动于衷。这可能是她做过的最卑鄙的事情。然后她又耸耸肩，完全一样，但是之后补充说“不想”，像是她先前便是这样说的。不想，她不想停止攻击我。

我感到一点气急，一点头晕。我们达成了一致，这是真的。我害羞地看了她一眼，意识到她正注视着我裸露的小腿上恶心密布的紫色蛛状曲张静脉。我一哆嗦——她迷恋我带给她的无比特殊的愤怒感觉。

“你想制定一个合同吗？”我喃喃说，几乎听不见。

“制定什么？”

“一个合同，说明我们想做什么，不想做什么。我们可以从网上下载一个。”我说得太大声，简直把她当成了聋子。

她眨眨眼睛。“我不太清楚你到底在说什么，但是我对这种事情没兴趣。”她用指关节按住额头，又突然极其恼怒地垂下手。“你以前这样做过吗？合同啊什么的。”

“没有，”我飞快地说，“一个朋友告诉我的。”

“你告诉其他人了？”她疯狂地抖动膝盖。

“不是朋友，是治疗师。是完全保密的。”

她的痛苦仿佛平息了。她远远看着遥控器。我递给了她，她的手指来回抚摸着橡胶按钮。

“还有什么其他事情我们需要……？”

“我觉得我们差不多已经说了每件事情。”我说着，试图记住说好的事情。她生硬地点点头，打开电视机。

第五章

虽然我们已经正式达成一致，但如何或者为何打架并不清楚。好几次她仿佛要动手，但是又改变了主意。很显然我不能先动手——这样不对。整件事情，如果这算是一件事情的话，随着时间推移，变得越来越扯淡，越来越尴尬。我开始尽可能多地去办公室，一进去就嚷嚷“非正式访问！”这样就不会破坏我的在家办公的状态。卡尔让我带一点泰国辣酱给柯丽。“你和她吃过辣的东西了吗？吃过了？她是不是很能吃辣？”我默默点头，把辣酱丢在了车子的后备箱里。

第二天早晨我需要去厨房的时候，柯丽也在厨房，于是我们同时出现在厨房。气氛紧张。她掉了一个盖子，僵硬地捡起来。我清清嗓子说：“抱歉。”这很可笑，应该取消协议，继续生活。

“听着，”我说，“我们都不……”

“你这样做。”她打断我，抬手遮住右侧脸颊。我学她样，眯着眼睛，以防她扇我或者打我。

“我想得没错，”她说，“你的一侧面孔要比另外一侧衰老和难看很多。毛孔粗大，眼睑往眼睛里耷拉。我不是说你的另外一侧脸好看，但是如果两边都像你的左侧脸，别人会以为你有七十岁。”

我放下手。从没有人这样和我讲过话，那么冷酷。却那么认真。我的眼睑确实开始往眼睛里耷拉。我的左侧脸一直更难看。这段短短的话里有真实的想法——不只是冷漠的敌意。我看着她拔得过头的眉毛，思索着我是否应该用言语反击她对自己面孔的麻木无知，然后我看到她的手；它们兴奋不安地揉搓着毛茸茸的裤管，而且她张着嘴。羞辱人的小颂歌点燃了她，她渴望攻击，而且觉察到我脸上的恐惧时，她的身体变得振奋，紧张。我的上臂挡住了她狠狠一巴掌。

我踩着跳跃的月球步走进掌心机构，说着，“你好啊，你好啊，你好啊！”我们在新协议下的第一次扭打既持久又不择手段，打遍了每个房间。我康康踢，我砰砰，不只是自卫，而是真正的愤怒，起初是对她，然后对像她一样的人，愚蠢的人。我砰砰了她毫无谦卑的年轻，我在她那个年纪的时候太谦卑了——太谦卑了。我差点咬破了她的上臂。她把我推倒在我自己的书桌上时，我用头撞了她，以及其他所有那些无法理解我多会把握分寸的人。她攻击我的时候如同一个自出生开始学了一辈子武术的人。简练。

我一秒钟都没有想过我能打得过她。过了大概三十五分钟，我们休息了一会儿；我喝了一杯水。再次开始的时候，我的皮肤柔嫩，已经出现了乌青，每块肌肉都在颤抖。很好，更深入更专注。我感觉自己的脸因为无法辨别的愤怒而扭曲；这仿佛已经不受控制。这和被抢劫不同，我人生中的每一天都被抢劫，而这是我第一天没有被抢劫。最后她飞快地捏了两下我的手：打得好。

我飞快地开会，一种暗暗的、红肿的、刺痛的感觉让我头晕和发笑；每个人都感觉到了。为 Kick It 组织年度募捐活动通常压力太大，我只好奋力完成，四处伤害同事的感情。但是现在一切都不同了——当吉姆愚蠢地提议用现场音乐表演取代 DJ 时，我说："很有意思！"先放了放。之后我又绕回来，问了他几个温和的问题，鼓励他改变想法。之后我说："你确定吗？这个主意听起来还蛮有趣的。"我装成摇沙铃的模样，这样做其实稍稍过了头。但是这差不多是真正的我。我笑的时候，是一个聪明人的低声轻笑，没有歇斯底里，没有恐慌。

然而这能持续多久？午饭时间，我的四肢已经停止颤动；她技术太好，不会真的伤害我。快下班时我坐在洗手间的隔间里，试着吞咽——我的癔球没有回来，但是轻松感还在吗？我绷紧肩膀，垂下头，浮现出焦虑感。家里的混乱嘈杂……真的没什么大不了的！菲利普？他需要我的祝福——我的！库贝尔可 · 邦迪？我的视线落在灰色的油毡地板上，心想有多少其他女人坐在这个马桶上盯着这块地板。她们每个人都是自己世界的中心，所有人都渴望有人把爱放进来，这样她们就能看到爱，知道自己拥有爱。哦，库贝尔可，我的男孩，我多久没有抱你了。我用手肘撑住膝盖，沉沉的脑袋陷入了手心。

所以分开很好，在回味中颤抖，但是回味过后又该动手。瘪球已经变软了，我对自己整个身体有了全新的认知。它僵硬，敏感，待在里面不好玩；我从来没有注意到过，因为我从来没什么可以比较。这个星期，每天早晨她上班前，我们都打一架。星期六打完我便立刻出了门；我一旦感觉松弛舒适，就不想再待在她身边——我们彼此相对无言。我买了一件菲利普会喜欢的柿子色衬衫，立刻穿出了商店。我修了头发。我四处溜达，引起路人频频回头，也可能我正好在他们回头时经过。我吃了一个用白面粉和糖做的点心，看着身边的情侣互相喂蛋卷。很难相信他们也玩成人游戏，但他们多半也玩，可能是和他们的同事或者亲人。其他人呢？可能有些父母假装成他们孩子的孩子瞎捣乱。可能寡妇会扮演自己死去的丈夫，报复所有人。这完全是私人的；没有一个人的游戏对其他人来说有意义。我看着貌似沉闷的男人和女人坐在车里飞驰而去。我怀疑他们是否都像露丝–安妮一样写过合同，但是有些人写过。有些人可能还有各种合同。有些合同无效或者被转让。人们在这里很开心，包括我。我叫来服务员，要了昂贵的果汁，尽管这里有免费的水可以续杯。我依然感觉松弛吗？是的。这种感觉在消逝吗？只消逝了一点。我还有几个小时。

我停进车道时天已经黑了。她站在门廊里；我还没来得及放下手提包。她砰地关上门，两边同时用力压住我的肩膀。我弯下身，四肢着地，钥匙哗啦啦掉在地上。

但是大部分晚上我们什么都不做。我做饭，洗澡，在床上看书；她打电话，看电视，加热冷冻食品。我们怀着满足和激动无视彼此。菲利普发来消息（**柯尔斯滕希望你允许我们动口。？？？！不用感觉有压力。我们等你同意。**）我没有任何反感。哦。柯尔斯滕。之前千百次的轮回中，她可能是我们的猫，总是窝在床上，在被子上挠来挠去，看着我们。祝贺，小猫咪——这次你成为了女朋友——但还得听我的。我感觉轻快慷慨。菲利普正在经历一些事情——我会这样私下告诉密友。我同意他和一个年轻女人出轨。

你太勇敢了。你信心十足。

这没什么。我们经历过风风雨雨。我引用歌词回复。

当然，这更像是预出轨，因为我们还没有在一起，至少从传统意义上来说我们没有在一起，此生尚未。风风雨雨尚未到来。以及：我没有私下可以交谈的密友。但是我看到邮递员的时候抬头招呼，而且我朝邻居挥手——是我先挥的。我甚至和里克聊了天，他正穿着一双特制的能扎穿草坪的鞋子走来走去。

“我想付你钱，”我宣称，“你工作很辛苦。”这样太大方了，但是有什么不好呢。

“不用，不用。你的花园就是我的报酬。我需要有一个地方施展我的园丁拇指。”他竖起拇指，骄傲地看着它，然后他现出愁容，仿佛想起什么糟糕的事情。他深深呼了一口气。“我上星期把你的垃圾箱带出去了。”

“谢谢，”我笑了，“真是帮了大忙。”确实是个大忙，我甚至没有撒谎。“你不介意的话，每个星期都可以帮我扔。”

“我会的，”他轻声说，“但是星期二我通常不工作。”他神情紧张地看着我。“而星期三是垃圾日。我通常星期四来。如果你碰到危险，告诉我，我会保护你的。”

有坏事要发生，或者已经发生了。我捡起一片草。

“你星期二为什么会在这里。”

“我问过你，我能不能把这个月的第三个星期四换成星期二。你记得吗？”他红着脸看着地上。

“记得。”

“我得用洗手间。我进来的时候敲了后门，但是没有人听见。没什么，这是你的私事。”

星期二。我们星期二做了什么？可能什么都没做。可能他什么都没有看见。

“蜗牛。”里克说。

星期二早晨她把我压在地上，我防备地蜷成一团抵抗，大屁股翘在半空。

“我需要蜗牛，”他试图改变话题，“花园里用。要非洲蜗牛——可以给土壤透气。”

如果我们没有听见他，只可能是因为柯丽在骂骂咧咧。

"我没有危险，里克。和你想的正相反。"我说。

"嗯，我明白了。她是你的……这是你的私事。"

"不，不是私事，不是的，不是的。"

他走开了，继续用特制的鞋子扎草坪。

"这是一个游戏，"我跟在他身后辩解，"为了我的健康！我在做心理咨询。"他环顾着院子，假装没有听到。

"四五只蜗牛就够了。"他回答。

"我会弄七只。或者一打。十三只——怎么样？"他拖着脚步沿着房子一侧走向人行道。"一百只蜗牛！"我大叫。但是他走了。

我突然手足无措。当柯丽在走廊里捂住我的嘴，掐住我的脖子，我无法反击，因为我不想碰她。在每一个原始冲动前都有一个停顿——我通过流浪汉园丁的眼睛想象我们，感觉不堪。他作为局外人，不懂成人游戏，就像是遇见露丝-安妮前的我，把发生在生活中的一切都当真。第二天早晨我早早离家，但是避开她又产生了其他问题。偏头痛在萌芽，喉咙也蠢蠢欲动。到了中午我发狂地试图策划一种更冷静的打架方法，有秩序的，体面的，不那么狂热的。拳击手套？不行，但是我又有了一个主意。

我摇摇晃晃走过街区来到仓库；克里斯托弗帮一起我翻库存。

"你要找录像带吗？"

"我们什么时候不再做剧本的？是2000年吗？"

“剧本？”

“比如一个女人坐在公园凳子上什么的。在我们把防身术做成健身之前。”

“那都是 2002 年之前的了。你是在为二十周年做准备吗？”

“是吧？”

“这里是 96，97 年的资料——可以吗？”

《徒手格斗（1996）》从被称为“公园里的一天”的攻击模拟开始。一个穿着帆布便鞋的女人坐在公园长凳上，往胳膊上擦晒黑霜，然后从手提包里掏出一副墨镜，翻开报纸。

我推开柯丽的紫色睡袋，坐在沙发上，手提包放在旁边，我从里面拿出晒黑霜。柯丽从厨房看过来。

“你在干吗？”

我慢慢涂完晒黑霜，又拿出墨镜。

“我一拿出报纸你就攻击我。”我低声说。我翻开报纸，像录像里的女人那样打哈欠，有点夸张。她叫达娜什么的，曾经周末来教课。她没有继任者夏米拉·泰伊那样的腹肌或者魅力；我怀疑我们有没有付钱给她。柯丽迟疑了，接着她坐在我身边。她用胳膊抱住我肩膀的速度比录像带里的袭击者更快，但是她也和他一样袭胸，于是我像达娜一样用手肘回击，大叫：“不！”

她试图把我拉到地上，这个动作不在这节模拟里，但是在下一节，于是我快进过去。

“不！不！不！”我尖叫着，假装用膝盖踢她的腹股沟。我跳起来逃跑。因为没有多远可以跑，我对着墙原地跑了几秒。然后为了避免转身又多蹦了一会儿。整个表演都很可笑。我摘下墨镜，回头看她。她把报纸递给我。

“再来。”

我们又重复了两遍，接着我想要温习发生在厨房里的“第二课：家庭陷阱”。我觉得出假拳很傻，但是柯丽好像并不在乎我们不是真打。她虚张声势地讥笑和恐吓我。DVD里达娜的袭击者反戴棒球帽，说着类似于*嘿，小妞*或者*过来啊，甜心*的话。在“第三课：走向前门的路上发生了有趣的事情”中，他站在阴影里咕哝着，*好极了，好极了，好极了*。当然柯丽没有说这样的话，但是我用达娜的畏惧和害怕的模样把她引向他的基本舞台设定，而且从细胞层面来说柯丽完全知道该怎么做——五岁之前她见过几百次这样的演示。

一个小时以后，我们筋疲力尽，却没有受伤。我们分开之前，她捏捏我的手，怪怪地看了我很久。我关上卧室门，转动脑袋。偏头痛消失了；我的喉咙柔软，我没有感觉到愉悦，却知道这样管用。如果里克看到的是“家庭陷阱”而不是我们之前做的那些就好了。这什么都不是，只不过是对于可能发生在一个失去警惕的女人身上的事情的模拟再创造。

柯丽上班的时候，我学习了剩下的《徒手格斗》。“第四课：车内搏斗”需要一张沙发和一副车钥匙。“群架”太复杂了——我跳过了。“女人问路”学得很快，我唯一的台词是“你知道最近的药店在哪里吗？”最后达娜让我给自己的电话答录机留言，发出十声最响的不，然后再自己听回放：不不不不不不不不不不。

“呀！”她说，“谁是那个在答录机里尖叫的可怕女人？是你！”我不仅排练了踢打，还排练了所有的对话和表演。达娜真的全身心投入短剧；震惊，害怕，愤怒——她不仅展示了如何做，更展示了如何感受。我最爱袭击前的那一刻——在公园长凳上休息，漫不经心地走向前门。我感觉背上的头发又长又厚；我轻轻摇摆着屁股，知道自己正被注视，甚至被追捕。成为这样的人很有趣，如此不自知和暴露，如此女人。达娜本可以根据各种场合拍一系列这样的录像作为自己的事业——醒来，打电话，出门；女人可以跟着学习，不被袭击的时候可以做什么，剩下的时候如何感受。

最后三堂课有点令人不适；掌心机构很显然就是因此而没有从这个系列赚到一分钱。达娜让观众准备一些日用品——足球，枕套和弹力绳——做成一个简易脑袋。“你踢一个真正的脑袋时，它不会反弹得那么厉害，但也会有一点弹性，你得做好准备。头骨比你想象得柔软。”到了“第十课：仁慈和高级仁慈”，我怀疑我们是否有人真的看完了：达娜仿佛在自说自话。她用高跟鞋踩着足球，列举了她觉得一个人应该被允许活下去的理由。“他们有孩子。他们有不太可能被收养的宠物——比如说一只没有牙齿的臭烘烘的老狗。你杀了主人不就等于是杀了它吗？或许可以问问他们有没有宠物，接着要求看看照片，或者让他们描述一下宠物的健康状况。最后：宗教原因。这些是隐私，而且在录像的范畴之外，但是某些人的宗教信仰不允许杀生，哪怕是自我防卫也不行。如果你不确定，可以去咨询一下当地教区、犹太教堂，或者清真寺。

第二天早晨我做了一个深呼吸，挨着柯丽坐在沙发上。我有一个问题要问她。

“嗯，你知道最近的药店在哪里吗？”

她眨眨眼睛，疑惑了半秒。接着她左侧的鼻孔皱了皱，瞪直了眼睛。

“我知道。”她说，慢慢地站起来。不是正确的台词，但也差不多。

每天下午她上班的时候我都排练新的剧本，每天早晨她走之前介绍给她。起初每展示一个都很兴奋，仿佛是用我自己创意的头脑想出来的。但很快开始沮丧，柯丽说的和做的与达娜的袭击者完全不同。如果她可以看看 DVD 并且学会她那部分内容就容易多了。她休息的时候，我趁她睡觉，把《徒手格斗》放在咖啡桌上。我没有多想，便钻进车里去上班了。红灯的时候我倒抽一口气呆住了。我做了什么？她一播放碟片就会知道，我在电视机前练习过所有动作，记住了台词，好像我真的很把这当回事。我的脸尴尬得发烫——现在她认清我了，认清真正的我。一个连女性气息都是从其他人那里学来的女人。

“摸摸我的额头，”我对吉姆说，“是不是有一百万度？”

“不烫。但是黏糊糊的。而且你脸色很差。”

我能想象她坐在沙发里，按下遥控器的播放键。我上个星期做的每个动作，每声尖叫，每种瞪眼和喘气都是学达娜的。你是谁？她肯定会问。你是达娜吗？你到底知不知道自己是谁？不，我会啜泣着说，不，我不知道。吉姆给了我一根温度计。

“这是插在耳朵里的那种。还是你想回家？”

“不，不。不能回家。”我躺在地板上。中午菲利普发来一个简单的问号和一个小小的钟的卡通表情符号。他现在已经差不多等了两个月了。两个月前我的生活还是规律和平静的。我转身俯卧，祈祷他能带我摆脱身陷的境遇。用什么表情符号可以表示带我去你的顶楼公寓，像丈夫一样照料我？吉姆在我的额头上放了一块湿巾。

晚上七点仲子让我在走的时候记得开警报器。“你知道密码对吧？”我从地上坐起来，和她一起跌跌撞撞地走出去，颤抖着开车回家。我在车道停好车，强迫自己下车，准备好被嘲笑。

但是在走向前门的路上发生了有趣的事情。

“好极了，好极了，好极了。”阴影里出现一个声音。她气势汹汹地走出来，把手放在我的后腰。她反戴着棒球帽。

“走开！”我吼叫，她扑倒我之前正好犹豫了一，二，三秒。接下来的五分钟证明我的邻居并不在乎我是死是活。

等我最终走到门口，我关上门，微笑着，摸着自己的脸颊。当然没有真的掉眼泪，但是我非常感动。她一定是练习了一整天，在电视机前排练。任何两个宿敌都可以愤怒地搏斗，但是这种情况却不多见。我想起一战或者二战期间的敌军间的圣诞节足球赛。她依然憎恶我，第二天我依然会在战场上射杀她，但是直到天亮前我们都在玩这个游戏。

第二天晚上我们按照顺序完成了整张 DVD。“群殴”最麻烦，因为里面有两个坏人，还有一个不想惹麻烦的全身穿着牛仔的男人。“嘿，”他对其他人说，“这样不好。我们走吧。”柯丽毫无预示地在三个男人间转换角色。我不断停下来调整自己。

“你在干吗？”她嘘声说，“我在这里。”

“你是哪个人？”

她犹豫了。至今我们还没有承认过录影带的存在，也不承认除了愤怒的自我之外，我们是其他任何人。

“我是第一个人。”她说。

“穿牛仔的那个？”

“第一个坏人。”

是因为她说这话时站着的模样——她的双脚站得很开，大手停在半空。真像一个坏人，那种来到一个寂静的小镇，惹下各种麻烦，然后飞奔而去的人。她不是第一个坏人，却是我遇见的第一个有着长长的金发，穿着粉色天鹅绒裤子的坏人。她不耐烦地嚼着口香糖。

我们过了一遍其他场景，然后又重复了两遍。第二个星期我告诉露丝–安妮，这就如同方块舞或者网球。“一旦你学会了动作，就形成了习惯——这是大脑真正的假期。”

“所以你会把你的乐趣描述成……？”

“有一点戏剧性，但主要是运动。最吃惊的是我本人，因为我向来体育不好。”

“柯丽呢？你觉得她也是享受运动吗？”

“不是。”我垂下眼睛。这轮不到我来说。

“你觉得是其他什么？”

“对她来说这可能不是游戏，可能是真的。她是‘厌女症’之类的。那是她的事情。”我描述了她扮演的时候那种贪婪的热烈。“当然这是你的知识领域，不是我的。你觉得这会不会是心理问题？”

“好吧。这是个宽泛的词语。”

“但是准确，对吗？”

“嗯，当然。”她吝啬地说。她以为我要用一个人的价格得到两份诊断。

“不用说了。”我举起手打断了她。为了改变话题，我指指她排列在书桌上的沉甸甸的中餐纸盒。“这都是你的？”

“我喝水很多，”她说，拍拍她的水瓶，“下班的时候我把它们收起来，一次性倒在卫生间里。”

“这里的卫生间还是家里的？”

“这里的卫生间！”她笑起来，“你能想象吗？我带着一大堆屎啊尿啊开车回家？太可怕了。”

她假装开车，我们都笑了。真是非常滑稽的画面。像朋友那样笑只会更强调我们不是朋友。她在家里不是那样笑的。

她继续假装开车，我只好又笑。她为什么不停下来？

“这对她来说是真的又怎么样？”她突然垂下手说，“真实来来去去，并不太有趣。”

第六章

掌心募捐会是每年的大麻烦，甚至不太赚钱，但是我为此打扮的时候总是轻飘飘的，因为知道菲利普也在打扮。如果是在电影里，镜头会来回切换，我在穿尼龙袜，菲利普在刷鞋，我在梳头，来来回回。曾经这是我在办公室外见到他的唯一机会——现在我则可以说他整天给我发消息，而且这不是一句谎话。当他看见我穿着柿子色的新衬衫时，可能会为那些消息感觉尴尬或者羞愧。“嘿，”我会说，“看这里，”我会指着自己的眼睛。“我们之间不用羞愧，好吗？”我还是打算戴那条农夫集市项链，他会不会拉着项链把我拉近他？接着会发生什么？可能得其他人开车送柯丽回家，我很可能没空。等她洗完澡我就告诉她。她为什么要去呢？自她小时候在舞池里跑来跑去之后，就再也没有去过掌心募捐会了。

她脚步沉重地走出浴室时，我改变了主意；她需要一个监护人。即便别人不想，他们也会忍不住盯着她的上衣看。那不过是两片用一个巨大的金环连接在一起的黑布——不是出门的安全打扮。如果不得已，我可以先送她，再去菲利普家。

“那里有饮料吗？”她在去长老会友谊堂的路上问我。她的臭脚伸在仪表盘上，她找出了一双有很多交叉绑带和搭扣的高跟鞋。

“没有酒。你不会觉得有趣的。”她把运动裤换成了非常非常紧身的牛仔裤。牛仔裤让我想起柯尔斯滕。他不敢带她来的。

“没事。吉姆为我准备了东西。”

“掌心机构的吉姆？他给你带了酒？”

“不是。是其他东西。你会知道的。”

接下来的路上我们都很沉默。

苏珊娜和卡尔拥抱了他们的女儿，柯丽顺从得令我吃惊。我像保镖或者讲解员那样站在旁边，看他们三个人长长地拥抱。

“谢丽尔！”他们松开的时候苏珊娜惊叫起来，“你的腿怎么啦？”

我们都低头看我的小腿。满是以前留下的乌青。

菲利普还没有来。Kick It 的女孩们伴着说唱音乐做了防身术表演，然后 DJ 接手。我问他有没有觉得音量太大了。

“我觉得太安静了。”他嚷嚷着，一只手举起耳机按在耳朵上。

“好吧，不要再响了。”

“什么？”

“现在这样正好。”我做了一个 OK 的手势。

餐饮负责人在解释咖啡机的故障时，我看到柯丽在和 Kick It 的女孩们聊天。她们都打扮得和她一样，她仿佛认识其中几个——可能是她父母朋友的女儿。我试着想象和其中一个女孩表演剧本，那个正给柯丽看手机里什么东西的留着棕色刘海的女孩。

“那我们是应该少准备些咖啡？还是多掺点水？”

“少准备些咖啡。”

无法想象——那个棕色刘海的女孩还是个小姑娘。柯丽不时看看我；我扭过头去。看她在公众场合和父母在一起令我不安。DJ 放了一首所有人都爱的歌，女孩们冲进舞池挥舞双手。她们跳着嘻哈舞，而柯丽在她们中间故意用笨拙的姿势扭动，Kick It 女孩都大笑。他看到我，叫我一起跳。我握住脖子示意管理工作已经淹到脖子。他假装挥舞一道隐形绳圈；套住了我。所有人都在看，我只好任由自己被拖进了舞池。柯丽看了一眼我皱巴巴的印花裙子里摇摆的臀部，厌恶地转过身去。我打了几个响指以示我沉浸其中，那些 Kick It 女孩们的舞步更适合脱衣舞俱乐部，而不是防身术募捐会。她们都穿着高跟鞋——没有一个人能逃脱袭击者，更不用说她们肯定还承受着自己强加给自己的脚痛。“呼啦，”她们不断大喊，“呼啦！”这是一个词语吗？还是在呼救？大家奇怪地看我；我可能不“合拍”还是怎样。菲利普在哪里？有人撞了我，我转身瞪她。是柯丽。她又撞了我一次——好像我们能在这里搏斗，扭打在地板上。要么这是她跳舞的方式。她又撞我，这次站在我身后，把手轻轻放在我的肚子上，牵制住我，迫使我们的节奏一致。我环顾四周，意识到这真的是跳舞，很多人都这样做。我看不到她的脸，但我知道她觉得这样很好笑，她想逗其他女孩笑。嘿，我经得起玩笑，一会儿没有问题，但是这首歌放啊放，老实说，感觉有点不好。从苏珊娜的表情判断，她也这么想。我微微摇摆着挣脱出来。我的手机在口袋里震动。

是菲利普。这条消息里没有提到柯尔斯滕。是单单发给我的，明确地展示了他对我们的真实感觉。

捐了一笔钱——有空的时候请发收据给我。

一条沉闷体面的消息，发给一个沉闷体面的女人。我们从来没有在一起过，没有在任何层面，也没有在任何轮回中。但是等等——我的手机又振动了。他可能是开玩笑，这条消息会说我在开玩笑。

祝今晚成功！

礼貌——唯一比沉闷更糟的东西。我太长时间没有回复我的决定，这是对我的惩罚。音乐那么强烈很难打字。我像他一样全部用了大写，向着夜晚呼喊。

我快想好了！

我盯着手机，等待。没有回复。

我加上：:)

没有回复。

我又等了二十分钟。没有回复。我严肃地看着跳舞的人海。

应该回家了。吉姆可以负责剩下的事情。我告诉柯丽我要走了，令我吃惊的是她立刻离开了舞池。

“我去找吉姆。”

吉姆把什么东西放进我的后备箱。他问柯丽要用来干吗，她耸耸肩。它包在花被单里。从后视镜里看，它仿佛在动。

“这是什么？”

“你会知道的。”柯丽说。

她把那东西拿进了浴室。过了一会儿有人拍拍我的肩膀。她穿着全套护甲。自从九十年代末以来我再没见过这样的玩意——巨大的头盔，手套，肩垫和护裆。她立刻开始攻击我，没有按照剧本。就像被一只来自噩梦的怪兽攻击。我忘记了扮演，往死里打。没有仁慈，没有高级仁慈，只有血。我猛打菲利普的秃头和柯尔斯滕平坦的肚子，我同时打他们两个，像在砸门。

“哇喔，哇喔，哇喔，”她抓住我的胳膊说，“慢点。”

我慢下来。

柯丽几乎没有动，她没有怎么攻击我，只是全副武装地挪过来。我缓慢的动作仿佛太极。过了一会儿，大头怪物压住了我。或是抱住了我。奇怪的一分钟过去了。我数到七十，开始咳嗽。她蹒跚着后退，脱下泡沫头盔。她的头发一团乱，脸红通通的都是汗。

“这是一个蠢主意。”她说。没有捏捏我。

第二天柯丽宣布她接下来的两周换成了夜班。我早晨轻手轻脚地去办公室，不打扰她睡觉。她想念角色扮演吗？好像并不。我没法好好工作和睡觉。我的手机完全没有动静。自从我回复后，菲利普和我就陷入了僵局。我后悔发了那个笑脸。有时候我早晨五点去浴室，她已经回家了，我只为了告诉她我还醒着，我有空，但她完全无视我，看着电视，T恤奇怪地裹在头上，如同迷失在沙漠里的人。她常常把枕头盖在头上，所以我不太确定她是窝在睡袋里，还是依旧在上班。有一次我拍了拍睡袋，她坐起来，像苏醒的木乃伊，头发乱糟糟的，眼神惊恐。

"抱歉，"我低声说，"我不确定你在不在。"

她看着我，等我继续做出解释。

"你的睡袋鼓起来的样子，"我重复说，"有时候看不出来……所以我就……"她重新把枕头盖在了头上。

两个星期以后，她睡了一整天，然后洗了一个仿佛永远不会结束的澡。她洗澡的时候，菲利普发来消息：**洗澡。一起涂了肥皂，但是没有别的了。**然后：**还没决定？**他还在等我，当然了。但是我没有感觉松了口气，反而更焦虑。我在厨房里走来走去。柯丽淋浴的水声不断。用一个桶不难计算出她每分钟用掉的水。等到水终于关掉的时候，我看了看时间——四十五分钟。我们从没有讨论过分摊费用，但或许应该讨论了。分两张账单，或者我先付，然后她再付我一半？那是什么声音？吹风机。她在吹头发。她穿着宽松裤和缎子衬衫从洗手间出来，头发暖和闪亮。脚上涂着薄荷味的脚气膏。如果她要出门，“公园里的一天”会是个不错的选择，而且也花不了多久。接着我就能独自待在家里。我挎上手提包，在客厅里溜达，然后坐在“公园长凳”上。她看看我的包。

“你要出去？”

“不出去……”我带有暗示说。

“我也不出去。”

那是个漫长的夜晚。她整理了客厅，洗了她的餐具。我一度发现她歪着头站在书架前。

“有哪本书是你最喜欢的吗？”她问。

“没有。”不管她做什么都让我非常紧张。电视机关着，没有任何分隔或者隐私。

“但是你都读过？”

“是啊。”

“唔。”她的手指划过书脊，等着我推荐。她的直发上戴着一枚装饰发夹。我盯着看了半天，不太明白那是什么。

“那个是……？”我指着发夹，“那上面是不是有颗钻？”这完全不是她的风格——它随意地戴在那里，像一小截树枝。

“有什么大不了的？”

“没什么。我只是不太确定你知不知道你戴了什么。”

“我怎么会不知道？很显然是我戴上去的。”她调整了一下发夹，然后从架子上拿下一本名叫《米庞》的书。

“那是一本西藏小说，”我告诫她，“是 1800 年代写的。”

“有意思。”

她小心地坐在沙发上，仿佛这一直只是一个沙发，不是她的床，不是公园长凳或者汽车。她把书摊在膝盖上，读，或者假装在读。过了一会儿，我放弃了，去睡觉了。

第二天早晨她穿着平常的运动裤和背心。

“我的朋友凯特要来看我，”她冷冷地说，“她会睡在熨衣房里。”

“好啊！”但是根本不好。有她的朋友凯特在我们还怎么做任何事？我们已经两个多星期没有角色扮演了。我的癔球还没有回来，但是我浑身都感觉发紧，焦虑，随时会崩溃。要是我们能来一次，我就根本不在乎谁来看她。

“她已经在路上了，”柯丽说，“她一个小时前离开了奥哈伊。”

我在熨衣房里支起小床。放了两条毛巾和无糖薄荷糖。

“她随时会到。”她说。

我往厨余粉碎机里倒了一点烘焙苏打。

“她在停车了。”柯丽说。她站在我身后。我转身。我们面对面。她笑了笑，难以置信地摇摇头。怎么了？那我该怎么办呢？这就仿佛是募捐会再现，其他所有人都知道怎么跳嘻哈舞。

“呼啦？”我说。

她不解地皱着眉毛。门铃响了。

凯特是个大个子亚洲女孩，笑声爽朗，胸口挂着一只小小的金十字架。她的卡车后面挂着一台奇怪的机车。进门的时候她说："给我打下屁股。"她打了柯丽的屁股。接着她撅起自己的屁股，柯丽打还了她。

"这是我们的击掌方式。"凯特说着冲我咧嘴微笑。我举着手示意我更喜欢正常的击掌。她递给我一个装满煮熟的意大利面条的特百惠盒子。

"不用担心还要给我做吃的，我就吃这个。"

我躲在卧室里，直到她们出门去看凯特卡车后面的东西。我又支起了小桌，打开电脑，开始工作。车道上响起可怕的声音。我跑到门廊，以为会看到烟，却只看到柯丽和凯特坐在空转着的震耳欲聋的机车旁边大声聊天。

"这就和普通的 ATV 一样，但是完全合法。"凯特嚷嚷着。她在抽烟。

"它和普通 ATV 的马力不一样。"柯丽喊着。

"就这个尺寸来说马力是一样的——甚至更大。如果你把它放大到普通尺寸，会有更大马力。"

"如果你只放大它后面那一半，它看起来就和你一样了。"

她们都笑起来。凯特把烟屁股扔在我的车道上。

"我的屁股太大了。"

"真的很大。"

"肖恩喜欢。他说他喜欢陷在里面。"

“我以为你们已经不在一起了。”

“我们没在一起。他就是过来，在我屁股里待一会儿，然后就走。”我左右环顾，心想邻居们听到会怎么想。“老实说，实在是太大了，我简直感觉不到他。所以我爸爸说得没错？”

“是啊，她完全就是毕比，没有毕比太太那么坏，但也坏。”

“她看起来就是。”

她指的是我？是什么？

我跑下台阶，挥手打招呼，她们陷入沉默。柯丽踢着机车的大轮胎，然后突然跳上车座，在震耳欲聋的隆隆声中开走了。我们看着她停在街道尽头；她欢呼着，又嚷嚷着什么我们听不见的话。

“谁是毕比太太？”

凯特用手背掩住嘴，笑得异常娇俏，她可能有个又小又娇俏的母亲。

“你听到了？妈呀，我们在开玩笑！”她打量着我，看我有没有生气。“柯丽很好。尽管她显得很粗暴，但是你了解她以后就知道她很温柔。我叫她毛毛公主[1]，”她紧张地笑起来，转动着小指上的戒指，“我想你认识我爸。他叫马克·权。”

马克·权，几年前苏珊娜介绍给我的那个离婚的酒鬼。那是她的爸爸。凯特·权。

---

1 毛毛公主，美国1987年电影《公主新娘》中的女主角。

毛毛公主咆哮着开了回来。“太疯狂了！”她转了几个圈，然后跳了下来。凯特拍拍座位说。“轮到你了，谢丽尔！”

“不用。我没有执照——”

柯丽把我拖到这个奇形怪状的玩意儿旁边。“你骑过摩托车吗？”

“没有。”

“比骑摩托简单。上车。”

我上车了。

“这是油门，这是刹车。好好玩。”

我加了最小额度的油门，凯特和柯丽看着我非常非常慢地离开街沿，接着像一个骑着大乌龟的女人般，慢慢出现在马路上。坐得那么高，而且不是在封闭空间里很有意思。我从来没有在自己的街区里如此随意移动。邻居们的家看起来都很陌生，几乎褪了颜色。马达的噗噗声盖过了一切寻常的声音。我被笼罩在噪音的泡泡里。一只狗无声地叫，一个戴着遮阳帽的年轻母亲往两个幼儿无声哭泣的脸上涂防晒霜。我慢慢经过的时候，他们都静止不动。是双胞胎。我以前从没见过他们。但其实我见过。

你要去哪里？他们齐声问。

去街区那头，我想。

但是你会回来看我们吗？

会的，可是今天不行。

他俩垂头丧气。两个人都是库贝尔可·邦迪。为什么这个灵魂围绕了我那么久？它永远年轻还是也会变老？它最后会放弃我吗？这是个错误的问题——很显然最后放弃的人是我。这只是一个习惯，和记车牌号码一样。只不过是，一次傻傻的小抽搐。我重重踩下油门，迷你 ATV 冲了出去，咆哮着穿过下一个街区。噪音清除了我脑海中的一切。这样兜风真神奇。我一直把这种机械当成那些不关心环境的没文化人的玩具，但可能不是这样的。可能这是一种冥想。我感觉自己和万物相连，马达的音量让我保持在尚未习惯的警觉程度。我不断苏醒，又从苏醒中苏醒，更加苏醒。是不是粗俗的一切都很神秘？枪也是吗？我调头。柯丽和凯特小小的，但是我能看见她们正疯狂地挥手叫我回去。我踩足了油门。瞬间朝她们冲了过去，她们尖叫着逃开了。

她们想要办个派对。

“不是派对。只不过是我和柯丽住在这里的一些高中时的朋友，”凯特说，“我们的老同学，是吧？”柯丽点点头。她正慢慢翻着杂志，不断无视我。

“我不允许有任何破坏房子的行为，”我说，“我把话放在这里了。”

“当然不会。”凯特说。

“音乐会很吵吗？”

“不可能，”她说，“我根本不听音乐。”

“酒呢？”

“没有。没有酒。”

“你们之后得打扫。”

“我喜欢打扫；打扫是我的最爱。”

“那好吧，我觉得小范围的同学聚会也没有什么不好的。”

“我又仔细想了想。可能是有几个人会喝酒。但是如果你需要的话，我能让他们把酒瓶都装在纸袋里。”

先是来了一大群吵闹的女孩。接着又来了一群男孩，凯特用一个男孩带来的线把她的手机接在我的音响上。还好他们把我的墨西哥手工艺术品从音箱顶上拿了下来。我的手机响了。**她只是握住了我硬邦邦的家伙，一两分钟，但是没有动。**

接着男孩们把音量开到了最大，所有人讲话都得吼。

接着不断有女孩和男孩过来。

接着我去熨衣房里给邻居们写了一份告示解释吵闹声，打印了六份。我一走到门外就意识到整个街区都能听到音乐，六份根本不够。我回去再多打印几份时，男孩女孩们正在玩游戏，互相喷酒。

我得承认，我想射在她的嘴里。

立刻又发来一条：**刚刚那条消息真抱歉，既粗俗，又缺乏对柯尔斯滕的尊重。希望你能忽略。我们等待你的决定，不着急。**

来了一些男人。他们看着根本不年轻；有一个人可能已经是我的岁数了。他朝我咧嘴笑笑。像是有人带了毒品。绝对有大麻膏和叶子，可能还有其他什么。洗手间根本用不了——我已经排了超过二十分钟，直到凯特跳过来嚷嚷：“听着，听着，听着！这个女人是房子的主人！她叫毕比太太！让她插个队！”她喝醉了。我对她说谢谢，她没有说不客气，却喊着：“大家喜欢我，他们就是喜欢我！”然后把她的饮料给了我。

“是酒吗？”我喊道。

“是潘趣！”她对着我的耳朵叫。

我一边喝一边小便好节省时间，即便我现在根本不需要时间。喝起来像酒。所有毛巾都在地上，地板是湿的。**你想看看她的照片吗？**他又发来消息，我删除了。

我靠着客厅墙壁看着柯丽。她跳在一个男孩的背上大叫：“犯规！犯规！”一只手举在空中。她知道我在看着她。现在她说：“该死的，姑娘，你该刮刮毛。”凯特说：“不，我不需要，我是亚洲人！”我看着她们抬着腿让不同的男孩来比较。可怜的凯特，长得普普通通，却和长得像柯丽这样的人是最好的朋友。柯丽的眼睛离开鼻子有点远，却是风情万种的猫眼，她的头发既慵懒又金灿灿，即便在一张我从网上找到的，她在美食广场假装做着帮派手势的照片里，头发也如水波般变化无穷。她的嘴唇太温柔，不应该被人看到。我看着那两个被凯特选出来参加摸腿比赛的男孩的脸，大汗淋漓，急不可耐。她尖叫着：“闭上眼睛，不准偷看是谁的腿！”两个男孩对着柯丽的腿和臭脚上下其手，而她正看着我。我也看着她。自从上次角色扮演已经过去差不多三个星期了。她为什么还在这里？我的手机震动了。

我斜眼看屏幕上的照片。柯尔斯滕矮个子，宽肩，一头齐下巴的暗金色头发，要么是涂了发油湿漉漉的，要么是天生就一绺一绺的。她戴着约翰·列侬风格的圆框眼镜，穿着空手道裤子和一件画着跳舞的鳄鱼的宽大白色T恤。鳄鱼梳着绿色、黑色和红色相间的脏辫，说着**音乐无敌，妈**。她的笑容开朗，积极，仿佛满嘴口香糖。她小小的眼睛尽力睁着，开张双臂像一个无名的歌剧演员。或者一个青少年。她甚至比我在那个年纪的时候更不好看。

我抬头的时候柯丽已经不见了。我走到外面，她也不在。她可能是在什么车里和什么人做着什么事情。我揉着太阳穴；痛。我可能是要死了，或者喝多了。我来到马路中间，沿着街区走。步行很难记起之前是哪幢房子，直到我看见窗户里的两个小孩。只是透过黄色窗帘的剪影。因为他们是双胞胎，所以他们做的每样事情都好像墨迹测验里面的墨点，是镜像的，像是对称的蝴蝶，溅出来的牛奶，奶牛的头骨。我打电话的时候依然能听到低音节拍，但除此之外，一片寂静。

菲利普立刻接起电话。

“谢丽尔？”

“我决定了。”我注视着黄色窗帘说。

他发出一声紧张的轻笑。“我担心自己是不是骚扰了你。”

“是的，绝对，但是我想好了。”

“有些信息非常不恰当。”

“所有信息都不恰当。”

“我不确定你是否都收到了。”

“是的。”

“因为你不总回复。我一直告诉柯尔斯滕你有多忙。”

“我没有那么忙。”

“好吧，当然，你不像我们其他人那样用一些无意义的事情填满生活。”

“我只不过是没有想好。”

“我就是这样告诉柯尔斯滕的。你收到我刚刚发的消息吗？那张照片？”

“我收到了。”

他沉默了。他们卧室的灯灭了；黄色的窗帘暗了。

“我现在可以说出我的决定吗？”

“当然。”

“做吧。”

我回家的时候，柯丽和另外四个人站在沙发上唱歌，好像不是英文的。大家最喜欢的部分唱着叽滴叽滴叽滴啊啊。菲利普已经在和柯尔斯滕性交了，我能感觉到——从他的视角。我在他的身体里，进入她。每次柯丽唱着叽滴叽滴叽滴啊啊，她伴着节奏向前抖胯，屁股随之摇摆，天哪，看看那对胸，菲利普喘着气。我低声说出那个词语。

“胸。”

他想要隔着裤子揉她。叽滴叽滴叽滴啊啊。射在她的嘴里。

一起涂肥皂。叽滴叽滴叽滴啊啊。我的家伙硬了。歌曲已经接近高潮，她和其他女孩，其他那些难看的女孩，跳得越来越快，而男人们用尽全力大叫，甚至不再唱歌，只是嚎叫，因为感觉太好了。

我回到自己房间，锁上门，脱下她有着闪闪肩带的紫色胸罩，把我的秃头埋进她的胸口。我毛茸茸的大手自己伸进她的牛仔裤，我指甲又厚又短的手指滑进她里面。她湿了，呜咽着。“菲利普，”她呻吟，“放进来。”于是我沉默地，有力地，放进她的嘴里。这才是他应该拥有的年轻女人——一颗肉弹，而不是老鼠面孔的小女孩。

经历了这么长时间的等待，释放来得又快又惊人。我射的时候弄得一团糟，到处都是。不只是她的头发上，胸口，脸上，还有我的羽绒被和地毯上。一串甚至喷到了梳妆台顶上，溅到我的梳子、首饰盒和我母亲年轻时候的照片。

她们没有帮忙打扫。她们做了做样子——中午左右凯特捡起几个啤酒瓶子问我垃圾扔在哪里，但是当我说“那些是可回收的”，她便仿佛累坏了，坐了下来。柯丽穿着平角裤和背心东倒西歪地晃荡，头发扎在脑后。她们都宿醉得厉害。

起初我以为这不过是一夜风流，都怪潘趣酒。但是当我吸尘、扫地、擦拭和清洁墙壁时，我不得不重复低头看，确保自己没有明显勃起或者肿胀，因为我的腹股沟有太多能量在震荡。这对我来说是全新的体验。当柯丽张开双腿好让我擦拭中间的咖啡桌时，我不得不放下海绵，回到卧室。我用手捂住柯丽呻吟的嘴巴，不让凯特听见。不是我的手——菲利普的。他冲刺得太厉害，长毛的耳朵晃来晃去。

傍晚凯特要了一个比萨。

“这是一个感谢比萨，”她说，“谢谢你。”

柯丽大吃起来，我啃了小小一块。

“对了，我爸爸已经再婚了。”凯特礼貌地用手遮着嘴说。

我笑着点点头。我几乎已经想不起来他的模样，但是这样说太粗鲁。“我们聊得很开心，但那只是一次约会。”

“你还记得你穿了什么吗？”凯特问。

柯丽瞪了她一眼。

“不记得了，”我笑，“那是很久以前了。”

凯特喝了一小口汽水，清清喉咙。

“我爸爸说——喔！”她停下来查看刚刚柯丽踢她的地方，“我爸爸说你穿得像个女同性恋。”

我微笑。不难想象马克·权大大取笑了我失败的打扮；他就是这样的人。柯丽别过头去，仿佛这对话沉闷到无法忍受。

“他是这样说的？”

“是啊，你穿了什么？”

“我不记得了。”但是既然她问了，我突然真的想起来了。

“是像你现在穿的这样吗？”她指着我的裤子和塞在里面的T恤。

“不是，这是打扫房间穿的。不是这样，我想想，应该是一条绿色长裙，前面有很多扣子扣到底。灯芯绒的。”这条裙子还在。

凯特不知怎么觉得非常好笑；她大笑着看着柯丽合不拢嘴，直到柯丽终于也笑了。

凯特玩得很开心。凯特不需要她的特百惠盒子了。凯特会发消息告诉柯丽有关凯文和扎克的事情。凯特没法给迷你 ATV 加油。凯特想知道最近的加油站在哪里，凯特需要再用一次洗手间。凯特坐在卡车里看着她的手机。凯特终于，终于走了。

柯丽关上门，立刻看着我——斜眼。一瞬间我以为她知道了我的念头。接着她直接扇了我，仿佛凯特的来访都是我的错，原本是可以避免的。“车里的搏斗”开始于一个（假）耳光，于是我们接着演了下去。“过来啊，甜心。”她阴沉地念台词。

我们回来了，不过太晚了——我已经开始玩其他游戏了。我模拟了膝盖踢，手肘戳，笨拙地遮掩虚幻的勃起。最后我一瘸一拐地回到房间，心悸，关上了门；用毛茸茸的大手扇她耳光。我刚刚射在她的嘴里，手机就响了。如果是他，我会问他对柯尔斯滕做了什么，我也要对柯丽做。这不过是我们共同的旅途中又一个动荡的困境；我感觉到他的感觉，而这种感觉令人震惊，难以置信。

电话是从布鲁瓦亚尔医生办公室打来的，确认我六月十九日星期二的预约时间。我想象自己告诉他我的癔球消失了，接着试图解释参考了他和露丝—安妮关系的治疗方法。我能听见她的呼吸。

“露丝—安妮？”

“如果你想取消，请提前四十八小时告知。”

绝对是她。

“现在能聊聊吗？电话聊？我正处于一些复杂的全新感觉中。”

她保持沉默。

“我也可以等到明天。”

“我们十九日星期二见。”她说。

第七章

我描述了进入菲利普的欲念，他过度的欲望和激烈的爆发抽搐着穿透我。露丝–安妮好像并不吃惊，仿佛我自己的派对我却迟到了。

“嗯。或许我们甚至不用称之为菲利普的欲念？可能就是欲念？”

“好吧，不是我的。只是没有他，我自己不会想这些事情。”

“那么她攻击你的时候，你没有兴奋吗？”

“她对我做的每件事情，我都假装以菲利普的身份对她做。”

“我明白了。那么谢丽尔·格里克曼感觉如何？”

“我？”

“是啊，你感觉如何？”

我，我想，我，我，我。没有想起什么特别的。

“你自慰到高潮吗？”

我对着地板微笑。“是吗？”

“你是在问我吗？”

“是啊，我是的。但是你知道，都是秘密的。”

露丝-安妮点点头，仿佛我刚刚说了什么非常有头脑的话。可能我是说了。我想我是不是她最喜欢的病人，或者至少是唯一可以与她旗鼓相当的。

“我可以问你一些与此相关的事情吗？”

“当然，”她说。

“还记得昨天你打电话来，问起和布鲁瓦亚尔医生预约的事情吗？”

她的脸色变了。

“嗯，我不太确定是否应该继续见他——现在感觉有点好笑。”

“怎么好笑？”

“不是好笑，是不太舒服。看你扮演接待员。而他。既然我知道了。”

她盯着我看了很久，我又想我是不是她最不喜欢的病人。

“嗯，这取决于你，”她终于说，“但是我肯定你已经错过了提前四十八小时的取消期限。”

柯丽以为她的粉色平角裤遮住了她的屁股，但其实没有。如果她盘腿坐着，我能看到一点暗金色的毛，有时候还能看到其他地方。一天早晨我瞥到一眼更里面，粉红色的，松松垮垮。不是我想象中干净、隐蔽的模样。有了这个新信息，菲利普得要回去把他已经做过的性行为重做一遍。他真的很想看她的肛门，尽管他不会这样称呼。我重新看了他所有的消息，没有找到一个合适的词语。我用了呕吐怪。我得承认，他可能会写，**我想把我硬邦邦的家伙塞进她的呕吐怪。**

每当有人在工作中提起他，常常是和募捐会有关的事情，我便感到一阵无形的震颤——不是因为我便是他，而是听到他被其他人随意谈论感觉很奇怪。

“菲尔·贝特尔海姆今年捐赠的钱变少了，”吉姆说，“但现在才六月，他可能会再给。有谁和他讲过高危拓展方案了吗？”

自从我祝福了他以后我们就没有再说过话；我猜想他正忙着做所有我假装他在做的事情。这个念头让我感到哀伤的疼痛，甚至连这种疼痛都性致勃勃。我感觉和他如此接近。尽管可能永远无法证实，但我怀疑我和他同时硬了，可能还同时射了，就好像女人的月经有时候会同步。我心想柯丽的周期是怎么样的。

“谢丽尔，”我抬头。一张那么像她又那么不像她的脸。“我女儿怎么样了？她听话吗？”

“哦，是啊，”我飞快地说，“非常听话。”苏珊娜抱着胳膊等待着。她知道一切。

“说实话。我知道她是怎么样的人。”她死死看着我。

“她一直在看电视。”我低声说。

苏珊娜叹了口气。“她像卡尔的母亲——这里空空如也。”她敲敲自己的额头。在那个令人不安的瞬间，我几乎想要保护柯丽。

“她更本能。”我说。

她翻翻白眼。“但还是谢谢你。卡尔和我在想着怎么报答你。不——我不是说钱。”

她母牛般的愚蠢不再困扰我。无所谓——她的性格只是暖烘烘的黄褐色腿肉上点缀着的一小撮香菜。柯丽每天都在菲利普硬邦邦的家伙上面上上下下，一天好几次，起初他仿佛永远不会厌倦。但是现在，十天以后，我遇上了问题。他还是想要，甚至想要得更多，但是需要花越来越久的时间才能到——有时候得花上三十分钟。有时候始终到不了。我试了奇怪的姿势，新的地点。有一次幻想露丝–安妮旁观他们性交，怀着客观的认同，赞赏和鼓掌。不可思议的是这样短时间内有用。但是最小的事情都会妨碍菲利普射精。

柯丽的脚臭。之前这对我来说不成问题，现在却真的很扫兴。菲利普有时候把塑料袋套在她的脚上，用橡皮筋把味道扎在里面，这样他才硬得起来。

射在我里面，她哀求。进来，进来！她呜咽着，疼痛而湿漉漉。

除非你治好你的脚，他吼道，我认识一个色光治疗师，专治这个，西部最好的医生。告诉他是我让你来的。

我等待一个不偏不倚的时机提起这件事，然后我扑通坐在沙发扶手上。她正从杯子里啧啧吃拉面。“好吃吗？”她停了下来，不信任地皱着眉头。自从凯特离开后，我们还没有过任何剧本外的对话。“最重要的是：和平。好吗？”

她皱着眉头，看着我用手指比出的V。我也不知道自己在干吗。

“好吧。”我继续说，“我们住在一起，我们有时候会有……身体接触？”我的声调在这里提升成问句；要是说我以菲利普的身份每天搞她很多次就太疯狂了。但我指的是打架角色扮演。她点点头，放下汤。她怀着几乎为难的专注听我说。我摸到了后侧裤兜里的便条。

“听着，我不想太过分，也不想说什么冒犯你的话。”柯丽摇摇头，像是在说，不会，不会，我不会被冒犯的。

“那么我就开门见山了？”

她笑了，她的嘴唇绽放出微笑，真正的微笑。我之前从没见过。她的牙齿很大。

“我一直希望你能够这样。”她说着，闭拢嘴唇，仿佛另外一边是一片有着更多微笑和更多笑声的海洋，而她正试图多阻止一会儿海洋奔流而出。接着她点头示意我继续说。

我的手一直在等待指示，我怀着疏离的恐惧看着它递出便条。她从我的手心里拿走便条，用温柔惊讶的眼睛看着布鲁瓦亚尔医生的地址和我的预约时间，六月十九日，明天。我只能按照计划往下说。

“你的脚的情况——我是说，气味——”

我从来没见过一张脸如此变形。它沉了下来：所有五官都沉了。我赶紧说。

“我的朋友菲利普深信布鲁瓦亚尔医生能治好脚癣。你到那里就告诉接待员说是我让你来的——我把我的预约给你了。”我指指那张纸。

她的脸涨得通红，几乎要爆炸。她的眼睛湿漉漉的。接着她呼了口气，然后突然完全平静下来。不只是平静——是空白。

最糟糕的情况是她会离开。但是星期五早晨，浴室窗户的锁上挂着一块太阳能量水晶，她的牙刷旁边放着一个小小的玻璃瓶子。**白**。那能说是一种颜色吗？但是我只要看着她金发的后脑勺就能感觉到；她隐隐约约变得彻底不同。很难概括。不是更快乐，或者更悲伤，或者不那么臭。只是更白了。更苍白。我等不及想去治疗；露丝–安妮现在已经见过她了。这可能是关键所在。

我靠在皮沙发上。“那么，你觉得柯丽怎么样？”

“她看着很年轻。”

我鼓励地点点头。理论上她应该会以客观认同的态度说“匀称”或者“线条美”。但是露丝–安妮好像已经厌倦了评价。

“你觉得她和你想象的一样吗？”

“差不多吧，是的。”

“任何男人看到她都会硬，对吗？”我希望自己可以足够勇敢地在露丝–安妮跟前用一个菲利普的词语，我做到了。起作用了；我的腹股沟暖洋洋的，充满精液。我一回家就要使用露丝–安妮在旁观的幻想。

露丝–安妮突然站起来。

“不要，”她吼道，猛地拍手，“马上停止。”

我的血液变冷了。“什么？什么？”

她抱着胳膊，绕着椅子转了一圈，坐了下来。

“不行，不要扯上我。可以是菲利普，可以是看门的，可以是消防员或者服务生。但是不要扯上我。”

她和我说话的样子仿佛我不懂英文。我感觉自己像只猩猩。我用手指摸摸眼睛，她可能把我说哭了。但是她没有。

“我不想参与，”她的声音温柔了一些，她指着窗户，“全世界的人你都可以用，但不要扯上我，你明白了吗？”

“明白了，”我低声说，“抱歉。”

接下来的早晨我都笼罩在尴尬的情绪中。我试图想象她的一条丁字裤，却把情况变得更糟，菲利普埋头苦干的时候，我的手指却变得笨拙和讨厌。我们放弃了。我试图工作。我冲了一个澡。柯丽的长头发慢慢堵住了下水道，流不下去的水把淋浴间变成了浴缸，我不得不在水漫出来之前飞快洗完。我很生气，浴室一团糟，我总是硬着，却没法射精。

我叫了水管工。快来，我说，我们已经彻底堵住了。他是个胖乎乎的拉丁裔男人，没有下巴，看到沙发上的大胸女人眼神也无精打采。我等不及了；一边指指淋浴一边冲回房间。“你弄好以后敲我门。”这比幻想露丝-安妮管用，如同第一次幻想菲利普。她光着身体走进浴室的时候水管工吃惊地睁大眼睛。起初他还不能肯定，他不想惹麻烦。但是她哀求着，拉着他宽大威严的裤子前侧。最后他变得不再那么彬彬有礼。不行，先生。他压抑着很多愤怒，可能是因为种族歧视和移民问题，而他释放了一切。接着他修好了下水道，为了试试效果，他们一起洗了澡。修理费用是两百美元。我给柯丽看了地漏，告诉她如何清理；她看都不看我一眼。她还在为脚的事情生气吗？我没有时间去想，突然有很多事情要做。

我在有机食品店里见到的书呆子瘦小伙：柯丽跟着他去了车里，哀求他让她握一会儿他那硬邦邦的家伙。一个带着妻子礼貌地向我问路的印度老爹：柯丽揉搓了他的全身，强迫他硬起来，他妻子进来的时候，他正在狂喜中哀号。妻子紧张得说不出话，默默等待，直到她的丈夫射在柯丽的胸口。很多年没有做爱的老爷爷，叫科林的处男少年，得了肝炎的流浪汉。还有我认识的所有男人。十二年级到大学所有的老师K，我的第一个房东，我所有男性亲戚，我的牙医，我的父亲，乔治·华盛顿硬得连假发都掉了。我试图把菲利普放在各种场景里，比如当我作为一个老头在她嘴里的时候，我邀请他从她后面进来——但这样做只是出于愧疚，并没有增加任何情趣。可能我们都在乱搞。也可能一个真实的柯尔斯滕胜过一堆我幻想的男人。我忙得来不及愧疚：我几乎无时无刻不在揉自己。邮递员送来一个盒子，在我打开之前，柯丽得拉开他制服裤子的拉链；我帮着他把他的小玩意推进她里面。那东西变得越来越抽象和不可思议——我无法控制。有些稍稍分叉，有些顶端像野生山药一样尖尖细细，或者像胖胖的松果般呈锯齿状。我把盒子拿进厨房，用一把黄油刀打开了它。是什么呢，是什么呢？我刚刚把手伸进去就恐惧地意识到里面是什么。里克的蜗牛。一百只，每只都高高撅着屁股。它们爬在彼此的碎片上，黏糊糊的黄色内脏粘在棕色的壳上。盒子里面是层层叠叠爬来爬去的蜗牛和几百只盲目的触角，还有那股味道——腐烂的臭味。我的手机响了。

“喂？”

“谢丽尔，是卡尔，我在手机商店。我在试一个手机，免费通话！我听起来怎么样？”

“很清楚。”

“没有噪音？没有回声？”

“没有。”

“我们来试试免提功能。说些什么。”

“免提，免提。”我的手上爬了一只蜗牛，我把它扔回盒子里。

“好，很好。这是个漂亮的小手机。”

“我可以挂了吗？”

“我不想让你觉得我只是打来试手机的。”

“没事。”

“等等，我问问那个家伙我们能不能再聊一会儿。”

我听到他问免费电话有没有时间限制。一个声音气势汹汹的男人说：“你想说上一天都行。”还没等我意识到发生了什么，柯丽已经跪在了地上，而我的手伸进了裤子。痛；蜗牛留在我手指上的东西弄痛了我的私处。然而仅仅有一个气势汹汹的声音还不够——她不能吮吸一个声音。卡尔站在旁边看，但是我无法把画面拼凑起来。柯丽跪着在店里打转，像鱼一样张着嘴。

“我们可以说上一天！”卡尔说。

柯丽径直朝她爸爸那里爬过去。不行，不行，我想，他不行。但是我的手指已经在加速，聚焦。

“情况怎么样？柯丽怎么样？”

他说出柯丽名字的时候，她正好抓住他。不用说，他很震惊。

“她很好，”很难听起来不气喘吁吁，“她喜欢她的工作。”

震惊，却没有不快。有什么东西感觉很对，当然是错误的，但是又很对。他把手放在她熟悉的后脑勺，往下按了几次，帮她找到正确的节奏。

“我星期五过来——带你们俩出去吃顿好的怎么样？”

手机店里的每个人都惊呆了，有人低声说起法律，但是声音气势汹汹的男人指出，法律管不着，因为没有裸露。他是对的——卡尔衬衫的下摆绕过他的家伙，粘在柯丽的嘴唇上，所以每次她移开脑袋，帘子都和她一起。前后，前后。卡尔突然发出战士的吼叫，示意他快要射了。他想要坚持更久，但是父亲的尊严吞噬了他。

“那太好了。”我热情地说。

“我会挑个好地方。”他说。接着他射了，没有射在他女儿的嘴里，这样真的违法，而是射在他自己的衬衫里。柯丽的手还在那儿，小心地挤出最后几滴。我感到一阵恶心和悲伤。我想念菲利普熟悉的家伙。我现在在哪里，他又在哪里？到处都是蜗牛。不仅爬在地上，粘在墙上，房间里到处都是。它们不是慢吞吞的那种。有一只在灯罩上无性繁殖。我看着两只消失在沙发下面。这是谷底了吗，还是我的问题会变得更糟？这是个问题。我有问题。

类似的事情曾经发生过。我九岁的时候，一个好心的叔叔寄给我一张生日卡片。对于一个小女孩来说这张卡片有点不合适：一群长相粗野的鸟戴着潇洒的帽子在打牌，嘴里还叼着烟。上面写了什么我不记得了，但是里面有一句短语仿佛病毒或者等待着宿主的自我复制的寄生虫。我一打开卡片，它就飞出来，用无情的爪子抓住了我的大脑：“物以类聚。”不是只说一遍，而是不断不断重复。物以类聚，物以类聚。每天一千万次：在学校，在家，在洗澡时，无处可逃。只有在我分心的时候才好些；但是任何特定的时刻，想到鸟或者同一群鸟或者香烟或者打牌或者任何东西都能卷土重来。物以类聚，物以类聚。我思索着这样下去我如何才能正常而圆满地生活，如何结婚，生孩子，工作。我在这个魔咒里，时好时坏，整整一年。接着，不知不觉的，同一个叔叔又寄来十岁生日卡片。这张卡片上有一张诺曼·洛克威尔的画，一个小女孩用手捂着眼睛。上面写着:“又老了一岁？我无法面对！”然后里面写着：“因为发生在你身上的事，也发生在我身上。”这就好像开枪一样有用。每次一群可怕的鸟到来，我就默念，发生在你身上的事也发生在我身上，它们立刻就散开了。这个叔叔去世了，但是那张卡片依然在我梳妆台上，一次都没有令我失望。

“直到现在。”我严肃地说完，坐在皮沙发上往前倾了倾，“它对这个新的魔咒不起作用。”

露丝–安妮同情地点点头。我们已经把我在上星期诊疗中不恰当的行为抛诸脑后了。

“所以我们需要一种解药，”她说，“像那张卡片一样，针对这个魔咒的解药。但不能是发生在你身上的事情也发生在我身上。太短了。”

“我也是这样想的，这句话可能太短了。”

“你需要更长一点的。”

我们试着想出更长的解药。

“你会唱什么歌？《来吧，忠诚的信徒》？你会唱吗？”

“我真的不会唱歌。我五音不准。”我说。

“我觉得那没关系，你只需要记住歌词，《玛丽有一只小羊羔》呢？”

我轻轻地哼《玛丽有一只小羊羔》。

“你觉得怎么样？”

“嗯……”我不想贬低她的主意，“我不确定我是否想整天唱《玛丽有一只小羊羔》。”

“你当然不想。会比口交让你更崩溃。你喜欢什么歌？你有没有喜欢的歌？”

有一首歌。大学里的一个女生整天唱；我总是希望能在收音机里听到。

“我不确定我会不会唱。”

“你记得歌词吗？”

“记得。”

“那就念出来，唱诵。”

我感觉又热又冷。我在发抖。我把手放在额头上，开始唱。

“你会不会停留在我们的恋人故事里？”

听起来很可怕。

“是大卫·鲍伊的歌。”

露丝–安妮鼓励地点点头。

“如果你停留，你不会后悔，

“因为我们相信你。”

我不断喘气，空气没有以正常的方式进出我的喉咙。

“你很快就要长大所以抓紧机会，
“和两个疯子一起，
“沉迷浪漫。”

“我只知道这几句。”

“你感觉怎么样？”

“嗯，我知道调子不对，但是我觉得我可能感觉到了这首歌的能量。”

“我是说柯丽。”

“哦。”

“你稍稍松了口气。”

“好像是的。”

第二天我早早起床，等待着第一次测试这首歌的机会。我小心翼翼地洗了一个澡。魔咒保持着距离。我穿好衣服，对里克挥手——他正忧虑地看着蜗牛。

“早上好。”我捧着一大杯茶走了出去。

“情况失控。”

“我知道，我买了太多。”

“我会用四只。这是我能控制的蜗牛数量。我不知道如何照顾一大群。”

“你或许可以召唤它们？把它们聚集起来？”

“召唤它们？怎么召唤？”

“用蜗牛哨子？”

我还没有说出这句话，柯丽就已经开始吮吸里克两腿间小小的蜗牛哨子了。他非常震惊，如此这般。

“里克，我现在要唱一首歌。”

“我觉得那没用，它们没有耳朵。”

“你会不会停留在我们的恋人故事里……”里克礼貌地垂下眼睛。他住在马路上，见过更疯狂的事情，“如果你停留，你不会后悔，因为我们相信你。”

有点用。不是像说一句嘛哩嘛哩哄，兔子嗖的一声消失。而是像说一亿遍嘛哩嘛哩哄，说上几年，直到兔子老死了，接着继续说，直到兔子完全腐烂，嗖的一声被吸收进泥土。这需要献身精神，我刚刚起床时还有——但是我的决心随着一天的过去而衰败。面对选择唱歌还是隔着她的裤子揉她温暖的阴部，我总是决定明天再开始吧。

柯丽穿着漂亮的乐福鞋，走在人行道上像踢踏舞鞋一样咔嗒响。我搞不清谁应该坐副驾驶座——我，因为我年纪更大，或者柯丽，因为她是女儿。我坐在了后面。我们安静地开车。

卡尔觉得葡萄酒味道不好，要求换一瓶。

“这是他们让你试酒的原因，”他说，“他们想让你高兴。”

柯丽仿佛很无聊，但是我足够了解她，知道这只是她的外表。

她和我一样，思索着我们为什么会在这里。她的乳头似乎不无聊，它们直挺挺的，在绿色的紧身抹胸裙里特别显眼。很难同时哼歌和礼貌地交谈。

卡尔给我看了他的新手机，我感觉有点恶心。如果他出现在这里是因为我召唤了他，给了他强烈和不恰当的欲望想要见见他女儿怎么办？但是他没有看着她。他慢慢品了一口葡萄酒，从玻璃杯边缘的上方看着我。

“我们认识多少年了，谢丽尔？”

“二十三年。”

“很多年了。很多承诺，很多信任。”

他说信任的时候指了指柯丽；她睁大眼睛，咬着手上的肉刺。他知道了一切。克里斯托夫和他说过我借的那些旧录像。他自己能想象剩下的部分。淤青。消失的护甲。

“我想你知道我要说什么。”

他的神情严肃。我挺了挺胸。

“对了，苏珊娜也想来。所以这是我们共同的决定，”他举起勺子，“谢丽尔，你愿意加入董事会吗？”

柯丽闭上眼睛，回了回神。卡尔看着我的脸变红；幸好这片红晕没有字幕，或者解释的标注。我低下头。

“卡尔、苏珊娜、仲子、吉姆和菲利普完全可以胜任董事会，”我开始说，“他们是最好的人选，我加入他们，但是我也帮不了什么，我不太擅长成为董事会一员。”

卡尔用一把勺子敲了敲我两边的肩膀，我们在办公室不这么做，可能在日本也不这么做。接着他举起杯子。

“致谢丽尔。”

柯丽举起杯子，可能只是因为我俩一同松了口气，我却突然对她涌现出近乎温柔的感情。我最近没有怎么想起她，除了想把家伙啊肉肠啊塞进她的下面和嘴里。她最近怎么样？这个葡萄酒很厉害；酒精蒸汽在我额头后面弥漫。卡尔又给我倒了一杯。

“菲尔·贝特尔海姆要退休了。所以我们多出一个位置。”

我的脸色没有变，我很肯定。

“但是不用担心。他走的时候捐了一大笔钱。”

我对着餐巾微笑。当然加入董事会的目的是接近他，但是取代他的位置也很有趣。简直更好。我第一次理解了香烟，以及点上一支，往后一仰的迫切。

柯丽和我都点了中式炖牛肉；我的以正常速度端了上来，柯丽的却很慢。服务生干咽口水时，我抬头看着他长长的红红的喉咙。我已经有一阵子没有在现实生活中见到这样的场景了，她握住这个男人硬邦邦的家伙一两分钟突然间仿佛不再是什么幻想。特别是菲利普就在这里，在桌子下面勃起。我给服务生递了一个颜色，让他知道她已经有主了；他匆匆离开。

三分钟以后他又回来问吃得怎么样。他借这个问题用狗一样的眼睛舔柯丽的胸。

“那个服务生太过分了。”我在他离开以后说。不经意地冒出菲利普低沉、唐突的声音。很不明显；卡尔没有留意到。但是柯丽歪着头眨眼睛。她举起手来示意服务生。

“我觉得我的椅子有点问题。”

“哦，不会吧。”他吃惊地说。

“嗯，它好像勾住了我的裙子。”她站起来让服务生检查椅子。

“我什么都没有看到，但是我给你换一把新椅子吧。”

“你肯定吗？我的裙子有没有被勾坏？”

服务生停下来，小心地俯身检查柯丽的屁股。

她转身朝他傻笑，他狡猾的山羊胡子活灵活现；他们像握手一样锁定了彼此的能量，同意很快就性交。

“我是基思。”他说。

“你好，基思。”

我砰地放下玻璃杯，基思和柯丽假装害怕地互相看了一眼。他以为我是她的母亲。他没有足够的经验会知道我可能硬邦邦的，气得颤抖。要是我把她压在桌子上，掀起裙子，把我的家伙插入她紧紧的呕吐怪，他会多么吃惊。我要高举双手猛插，告诉餐厅里的所有人，包括主厨、副厨、打杂的和服务生，告诉他们所有人我不是她的母亲。

每上一道菜，他们的身体都更亲昵。他一边朗读甜点单，一边按摩她的肩膀。

“你认识他吗？”卡尔疑惑地问。

“他叫基思。”她说。

但是当基思跟她走到门外，问她要电话号码时，她说："不如给我你的号码？"

回家路上她很沉默。

我一关上前门，她就抓住我的头发，往后扯我的脑袋。我发出愚蠢的喘息。没有剧情；她用老方法搏斗。我花了一些时间调整——和她互换位置，变成菲利普。他把她推在墙上。是的，是该找点乐子了；这正是我需要的释放。她那么不要脸，活该如此。她猛打我的胸，过去她从没这样做过，也不是我看过的任何角色扮演。得非常集中精神才能体会她的打击是哪一种。可能正因如此，我露出好斗的或者男人的表情，我不知道。我不知道她看到了什么。

"你在干吗？"她后退一步说。

"没干吗。"

她重重呼了几口气："你在想恶心的事情。"

"没有，我没有。"我飞快地说。

"你在想。你把屎拉在我身上。拉在我脸上之类的。"

我完全没有，然而泛泛说来，我确实是。可以说过去的一个月我不断拉在她身上。她在等我说些什么——为自己解释和辩护。

"不是"——我不愿意说出那个词——"屎。"

"屎、尿、精液，不管是什么。弄得我到处都是——"她指着她的脸、头发、胸部，"没错吧？我没说错吧？"

"对不起。"我说。

她仿佛被彻底背叛，如同莎士比亚戏剧里被背叛得最厉害的那个人。

“我以为你，是所有人中间，”——她陷入低语——“最好的。”

“真的对不起。”

“你知道这样的事情在我身上发生过多少次吗？”她指着自己的脸，仿佛脸上真的被覆盖了什么东西。

我想着不同的数字——七十三，四十九，五十。

“总是这样，”她说，“总是发生。”

她转过身去，因为她没有自己的房间，她去了浴室，锁上了门。

墙上的世界地图掉了下来，重重滑到地上。我慢慢地把它挂回去。她的感情。我伤害了它们。她有感情，我伤害了它们。我看着浴室的门，一只手扶住墙壁稳住自己。

露丝–安妮说继续唱。不要去担心那首歌有没有用——只管唱。我度过了几天简单积极的日子，但是总有什么东西让我再次堕落。有一次我开始想象柯丽和菲利普一起淋浴，擦肥皂，我醒来的时候射了却假装自己还在睡。还有一次，我把他硬邦邦的家伙塞进她的嘴里一秒钟，只为了证明我是自己的主宰，我可以做一次，而不重回魔咒，然而结果证明我不是自己的主宰，魔咒才是，做了一次意味着接下来的两天做了十五次，随之而来的是泥沼般的羞愧。而她知道——如今她不知为何能说出我最近什么时候射在她身上。她和凯特在电话里说她还需要多少钱才能有自己的住处；不需要很多。

有时候我只能咕哝，“你会不会停留在我们的恋人故事里？”但是只有当我全情投入，放开嗓门大声唱的时候才有用，不管是在脑海中还是用最响的音量在车里唱。“如果你停留，你不会后悔！”如果她不在家，我一边打太极一边唱，仿佛使得练习更加深入意识。前门外面有人在修下水道；他们锯开人行道的时候发出震耳欲聋的刺耳声音，而且他们的黄色工程车每次倒车时都要哔、哔、哔地响。需要惊人的注意力才能在心里默唱，并且保持节奏，抵抗与之相反的哔哔声。我对着哔哔声连续唱了三天，一天五到七个小时，最后终于冲出了家。黄色工程车近看很吓人；它的钳子让我相形见绌。而且它主人，他的身形比例则和钳子相称。他正大口喝着佳得乐，仰着头，汗水从他巨大的、肉乎乎的面颊两侧流下来。这正是我喜欢让柯丽吮吸的那种男人。

“抱歉，”我说，“你知道你今天还要倒多少次车吗？我住在这里，哔哔声太大了。”

“很多次，”他看看身后，“是啊，今天还要倒很多次。”

吹来一阵凉风，我知道他汗涔涔的脸一定感觉舒服极了，但只是如此。我不知道他对其他东西的感受了。

“很抱歉吵到你了。”他补充。

“没关系，”我说，“感谢你做的一切。”

他稍稍直起身体，我等着看他局促的尊严，充满潜能的成熟，是否会让柯丽兴奋。但是没有，什么都没有发生——魔咒解除了。

我足够用力，足够经常地唱那首歌；现在我再也不用唱了。我往家里走，第一次注意到邻居家的橘子树。看起来几乎不像是真的。我闻到柑橘，海洋，烟雾——我能闻到一切。还能看见一切。我的呼吸卡在喉咙里。中年妇女对自己上下其手的画面击溃了我，我跌坐在街沿。车辆来来往往，有些很快开过去，有些放慢速度打量着我，好奇我是怎么了。

第八章

整个七月她都没有袭击我。也没有和我说话。或者看我。我是那个下流的人，我玷污了她，而不是反过来。怎么会这样的，我如何洗清自己？我已经做好准备，只要一有机会就忏悔，但是没有机会。相反，时间流逝，每个工作日，她都距搬离我家的日子近一点。这样可能是最好的，尽管这个想法绝望到荒谬。

这个月的最后一天，半夜气温突然升高，所有生物都醒来打架。我透过厨房窗户注视着外面没有月亮的夜晚，侧耳倾听。有动物正在后院被撕咬，可能是一只小狼在袭击一只臭鼬——但是一点不优雅，不灵巧。过了一会儿，柯丽轻轻走出客厅，站在距离我几英尺远的地方。我们倾听着动物濒死时尖叫声的变化；音高进入了人类音域，每次努力中都有熟悉的元音。如果出现了词语，我就要出去干涉了。词语，即便是原始的词语，也会彻底改变这场游戏。当然它们是偶然的——就好像一个被折磨的人类也可能偶然发出对猪说来有意义的声音——但我还是会干涉。我俩都在注意有没有词语。可能是*救命*，可能是一个名字，可能是*求求你，不要*。

但是那个动物没有说出任何词语就死了，突然一片寂静。

“我不赞成堕胎。”柯丽低声说，悲伤地摇摇头。

想到这个很奇怪，但是无论如何：她在和我说话。

“我认为这是违法的，”她补充，“你觉得呢？”

我眯眼看着院子的黑暗角落。不，我不这样想。我签过堕胎合法的请愿书。但似乎她指的是我们刚刚做过的事情，或是没有做的。

“我绝对站在生命的这边。”我这样说，不是说我反对堕胎，只是说我支持生命。她完全同意地点了好几次头。我们郑重地各自回到床上，像是两个刚刚签好具有历史性意义条约的外交官。她没有原谅我，但是家里的气氛改变了。明天我会问路。*你知道最近的药房在哪里吗？*我想象她宽慰地微笑，仿佛我邀她跳舞。一切都被谅解。

第二天从一个电话开始。苏珊娜气坏了。

“我不想参与其中。我也不觉得愧疚。我有没有吵醒你？”

“没有。”那会儿是早晨六点。

“她要是留着它，我会气死，却又必须帮她。但凯特的妈妈说这样不行。这是大错特错的愚蠢。她这样做就以为自己是什么狗屁基督徒女孩了，像凯特，像其他所有人。”

我感到大脑里一阵小小的刺痒，仿佛正要想起一个什么词语。我知道我很快就会明白她在说什么。

“我同意你立刻把她赶出去——事实上，我坚持如此。她需要面对现实。父亲是谁？她可以和他住。”

父亲。圣诞老爹？羽毛，更远，休耕地？[1] 我的耳朵里有没有流出液体？我照照镜子；没有液体。但是此刻看着自己的脸很有趣。是一个人惊呆的时候非常夸张和戏剧性的表情：嘴巴张着，眼睛睁大凸出，脸色苍白。有一把柔软的大锤子在某处敲击了一面大鼓。

用来描述我们正在谈论的事情的词语是*怀孕*。

柯丽怀孕了。

有很多种办法怀孕吗？并不是。你能通过饮水池怀孕吗？不能。我的耳朵太响了，几乎听不清苏珊娜问我是否知道孩子的父亲是谁；连我自己的回答都听不太清。

“不知道。”我大叫。

“凯特也不知道，柯丽在吗？”

我打开一条最小的门缝。柯丽坐在睡袋里。她的脸看起来斑斑驳驳，可能是因为哭过，也可能是因为怀孕。

---

1 原文为“The father. Father Christmas? Feather, farther, fallow? ”都是 F 开头的词语引发的联想。

“她在。”我低声说。

“嗯，告诉她没人帮得了她。我想自己告诉她的，但是她不接我电话。算了，你知道怎么着？不要和她说。别让她出门。我一个半小时之后就过来。”

她打破了协议。协议里不包括这个，当然不包括，为什么会包括？我在乎什么？什么协议？我们没有协议。我把脸按在床上，闷住自己。是水管工吗？当然不可能是水管工；那是我想象的。但是想象不到的事情发生了，或许还不止一次，很有可能是许多次，和许多人。她就是这样的人。很好。不关我的事。她想有多少想象不到的性交就有多少吧。当然，她必须立刻离开；我们的协议终止了。什么协议？他们在哪里做的？在我床上？我要亲自把她的垃圾袋都扔到街上。我穿上了方便活动的运动衫。

苏珊娜的沃尔沃悄无声息地出现了；她肯定在最后一个街区关了马达。我试图透过窗户对她竖个拇指，但她没有看到我。她也穿着运动衫，而且她看起来仿佛已经呐喊了一路，准备好杀戮。响起一阵尖锐的敲门声，是金属的鸟嘴，要不就是她的钥匙。我挺起胸，沉着脸，走出了房间。

柯丽透过客厅窗帘的缝隙偷看。她看看她母亲愤怒的脸，又看看我的，看看我的运动衫，又看看她的。她胳膊交叉护着肚子往后退，直到和垃圾袋一起站在墙边。鸟嘴敲，敲，敲。敲敲。我的视线落在柯丽的光脚上；一只踩在另外一只上面，保护着它。敲，敲，敲。我俩都看着门。一阵晃动。苏珊娜开始锤门。

我打开门。不是大门，而是大门里面的小门。大小只够容纳我的五官。我把脸挤进长方形小框里，看着苏珊娜。

“她还在吗？”她张嘴比划着，阴谋地指指窗户。

“我觉得她现在不想见你。”大门说。

苏珊娜眨眨眼睛；困惑地沉下脸。我贴着橡木大门。像橡木一样。

“家里没人。走吧。”

“好啊，谢丽尔，哈哈。表演得很好。让我和柯丽说话。”

我看看柯丽，她摇头表示不要，给了我一个小小的感激的笑容。我加倍、三倍地努力。

“她不想和你说话。”

“她没得选。”苏珊娜怒气冲冲，门把手绝望地咔咔响。

“双重锁定插销。”我说。

她用拳头砸我面前那块灰色的铁护栏。护栏就是派这个用处的。她查看了自己的拳头，接着凝视自己的车和停在后面的柯丽的车，她的旧车。一瞬间她看起来只是个母亲，疲惫，担心，无法用优雅的方式表达自己。

“没事的，”我说，“她会没事的。我保证。”

她眯眼看着我，长方形小框简直要切进我的面孔。

“至少能让我用一下洗手间吧？”她冷冷地问。

我把小门关上了一会儿。

“她想用洗手间。”

柯丽的眼睛亮晶晶的。

“让她进来。”她带着谨慎的宽容说。

我解开锁，打开门。苏珊娜犹豫着，注视着自己的女儿想要最后疯狂一搏。柯丽指指洗手间。我们听着她小便，冲水，洗手。她离开的时候看都没看我们一眼；沃尔沃隆隆开走了。

柯丽喝了一大口放了很久的百事可乐，把空罐子朝厨房垃圾的方向扔过去。罐子在油毡地板上蹦了几次。我理解。她只是暂时在此刻的压力下原谅了我，并不真的这样想。我在混乱中忘记铺床了；我去铺床。

“那么，”柯丽大声说，我停下脚步，“我不太懂保健之类的事情。但是我觉得你大概知道我应该吃些什么？像是维生素之类的。”

我转身透过卧室的门看着她。她站在月球上，我要是回应了，那么我也站在了月球上，在她的身边。和她在一起，离开其他一切。看起来很远，但是你只要伸出手，便能触碰到。

“好吧，”我慢慢地说，“初期你需要吃产前维生素。你怀孕多久了？”久这个词脱口而出，仿佛它一直在我的嘴边等待。

“十一个星期，我不太确定。”

“但是你肯定你想要一个宝宝吗。”

“哦，不，”她笑起来，“我会送去领养。你能想象吗？我？”

我也笑了。“我不想冒犯，但是……”

她假装抱着一个宝宝，带着狂躁的笑容发疯地晃它。

第十二周，它只是一根神经管，一根没有背的脊椎；接下来的一个星期，神经管的顶部扩张成一个脑袋，两侧有黑色斑点，之后会变成眼睛。我每个星期都把 Grobaby.com 上的进度大声读给她听。

“都堵住了？都怪该死的孕期荷尔蒙。现在应该多吃纤维。”她便秘了，她承认，从这个星期开始。这个网站有种神奇的能力，可以预测她接下来的感觉，仿佛她的身体听从每周的更新。出于这样的考虑，我经常重申看起来重要的部分。（“这个星期会长出桨一样的手和脚。手和脚：这个星期。它们会像桨一样。”）当我不小心跳过一个星期，细胞们就绕着大拇指，等待进一步的指示。她吃维生素，吃我的食物，但是一想到产前检查就不开心。

“我过段时间再去。”她说着，蜷在睡袋上。我暂时搁置了这个话题。这样和她说话感觉像是一个角色——类似于“问路的女人”，“照顾怀孕女孩的女人”。

“我不想让医疗机构的任何人碰我，”她几个小时后补充，“必须在家生产。”

“但你还是得去检查。如果有问题怎么办？”我不知为何很清楚该说什么，如同看过达娜在录像里说。

“不会有问题。”

“希望你是对的。因为有时候它不完整——你以为肚子里是个孩子，结果是零散的碎片，你生出来的时候就像是鸡肉泡饭。”

当宾瓦利医生用超声波给我们看胎儿时，我肯定柯丽会哭得像每一个在宇宙中看到地球的宇航员，但是她别过头去不看屏幕。

“我不想知道性别。”

“不用担心，现在还看不出来。”医生说。但是她的眼睛飞快地盯住天花板，避开自己张开的双腿。她的意思是说以后也不。她希望永远不要看到它。

“外婆大概想看看最后一点尾巴。”他说着敲敲屏幕。

我们都没有纠正他。我们如今在滑轨上滑行；世间的好人围绕着母亲和女儿们，为她们开门和提包，我们则听之任之。

她的身形应该已经看得出怀孕，我注意到的却是她的大下巴，她走起路来魁梧的样子。和她隆起的肚子一起，形成了古怪的画面，简直有点畸形。她的肚子越大，就越没有曾经的女人味。我们出门的时候，我试图观察其他人有没有吓一跳或者多看一眼。但我显然是唯一注意到这一点的。

“第十七周，”我念到，“这个星期你的宝宝有了身体脂肪（欢迎入伙！），以及他或者她自己的指纹。”不知道她有没有在听，“所以这个星期长出脂肪，有了指纹。”我总结。她从咖啡桌上掰下一只蜗牛递给我。我扔在前门旁边盖着的桶里；里克在收集蜗牛。

“你的宝宝五点九盎司重，差不多是一只洋葱的大小。”

“就说‘宝宝’，不要说‘你的宝宝’。”

“宝宝是洋葱大小。你要不要我念念‘来自读者的建议’？”

她耸耸肩。

“来自读者的建议：不要浪费钱买孕妇装，穿丈夫的系扣衬衫！”

她低头看自己的肚子。像一只在她的背心底下偷看的啤酒肚。

“我有一件衬衫可以借你穿。”

柯丽跟着我来到我的衣橱前。衣服很干净，却都有一股我从来没有注意到过的油腻和私人的气味。她滑动着衣架。突然取出一条灯芯绒长裙，举起来。

“这是那条同性恋裙子。”她说。

我穿去和马克·权约会的裙子，凯特的父亲。她飞快地找到了它。这是一条长袖的裙子，小小的扣子一路扣到底，从拖到小腿的裙摆到高领。有三四十个扣子。

“你大概还能穿。”

“我不觉得。”一位白发，戴着真正的珍珠耳环的年迈贵族妇女穿这条裙子会很优雅。任何更年轻或者更穷的人，穿起来只会像是从那些女人拿自动武器的国家出来的士兵。我拿出我的细条纹男式衬衫。她带去了洗手间，出来的时候却还是穿着她的背心。

“不是我的风格。”她说着还给了我。

“你觉得怀孕是自然的事情吗？”我问。

“自然，”她说，“是医疗机构让它变得不自然。”

她的朋友凯莉在家里的浴缸中生产。她的朋友达西亚也是。奥哈伊有很多女孩通过一个叫“菲洛梅娜家庭服务”的基督教机构托付领养她们的孩子。她们都在家里由产妇接生。

“但是洛杉矶的医院很好，你不需要那么做。”

“你不需要告诉我我不需要做什么。”她说着眯起眼睛。一瞬间我以为她要把我按在墙上。但是没有，当然没有。一切都结束了。

掌心机构的每个人都知道了这件事，并且觉得我能像这样收留她很了不起。

“她已经在我家了——我只是没有赶她走。”

“但是你知道我的意思，”吉姆说，“冒着失去工作的危险。”我的工作没有危险；苏珊娜和卡尔定期从我的同事那里打探柯丽的消息。每次孕期检查后我都会把进度传播出去。每个人都以为我知道谁是父亲，但是我不知道。我什么都不知道。提起这个话题而不触及起我们的过往是不可能的，角色扮演，我的背叛。我们心照不宣地不追忆。

妊娠第二阶段中期时我见到了菲利普。我离开办公室时他正在停他的路虎。我躲进门洞，在那里等了二十分钟，而他坐在车里打电话。可能是打给柯尔斯滕，我不愿去想。一切都在微妙的平衡中，必须保持。我终于回到自己的车里时，双腿打战，一身臭汗。

每天晚上我都听见她磕磕绊绊地走进洗手间，撞到门口，出来的时候又撞到。真是折磨。

一天晚上我终于忍不住在床上喊："小心点！"

她突然停下脚步，我通过半开的门看到她站在月光下，一脸震惊地摸着自己隆起的肚子，仿佛她刚刚知道自己怀孕。

"是基思的孩子吗？"我问。

她没有动。我不知道她是醒着还是又睡着了，她还站着。

"是派对上的哪个男人吗？是在派对上发生的吗？"

"不是，"她沙哑地说，"是在他家里。"

他有一个家，被称为他家，是在那里发生的，是性。比我想知道的更多又更少。

"那是一个噩梦。"她说着抱住肚子。

"是吗？"我非常想知道更多。她摇摇晃晃回到床上。"是吗？"我又喊了一次，但是她已经说完了，快睡着了。可能只是一个噩梦，是生长在你内心的某个你永远不想面对的人。

早晨我又试了试更强硬的态度。

"我觉得出于安全考虑，我应该知道孩子的父亲是谁，万一你出了什么事情呢？我得为你负责。"

她有点吃惊，几乎被稍稍感动了。

"我不想让他知道。他不是一个好人。"她轻轻地说。

"你为什么要和一个不是好人的人做呢？"

"我不知道。"

"如果是未经双方同意的，我们可以报警。"

“不是未经同意。只不过他不是我平时会喜欢的那种人。”

他们如何达成一致的？投票？每个同意的人说赞成。赞成，赞成，赞成。我去了熨衣房，拿了一支笔、一张纸和一个信封回来。

“我保证不会打开。”

她去浴室里写下名字。她出来的时候把信封夹在书架上两本书中间，然后小心翼翼地把一个汽水罐的拉环放在书前面。仿佛拉环的位置没法再移动了似的。

我动作很快，在柯丽还没来得及仔细想好要不要信任我之前，我已经预约了急诊。我一走到小便屏风后面，就让露丝–安妮打开了我的手提包。

“里面有一个封口的信封，和一个空信封，”我说，“打开封口的信封。”

“撕开？”

“你平时怎么打开信封就怎么打开。”

传来笨拙的撕裂声。

“好了。打开了。”

“里面是不是有一张写着名字的纸？”

“是啊，你想让我把名字念给你听吗？”

“不要，不要。是不是一个男人的名字？”

“是的。”

“好。”我闭上眼睛，仿佛他正站在屏风的另外一边，“把名字写下来。”

“写在哪里？”

“随便哪里，写在预约卡上。”

“好的。写好了。”

“已经好了？”名字很短。不是一个少见的，长长的，外国名字，有很多重音和元音变音，写完不需要再检查一遍。“好了，现在把纸放进没有封口的信封里，然后封好。”

传来窸窸窣窣的纸片声和砰砰声。

“你在干吗？”

“没什么。纸掉在地上了。我捡起来的时候头撞到了桌子。”

“你没事吧？”

“有点头晕。”

“信封封好了吗？”

“是的，现在封好了。”

“很好，现在把信封放进我包里，然后把那张写着名字的卡片放在我看不见的安全地方。”

她笑起来。

“有什么好笑的？”

“没什么，我藏在了一个非常好的地方。”

“好了吗？我要出来了。可以吗？”

“可以。”

露丝–安妮睁大了眼睛，微笑着双手背在身后。信封被撕成碎片撒得地毯上到处都是。在你去做公证的时候，过程有种庄严感，即便公证人只是一个文具店店员。我原本期望事情是那样的。

“你背后是什么？”

她伸出空空的双手。现在她奇怪地把眼睛转向房间的一侧。

“你在干吗？你为什么看着那里？”

她的视线跳回来。紧闭双唇，挑挑眉毛，耸耸肩。

“卡片在那里吗？”

她又耸耸肩。

“我不想知道卡片在哪里，”我坐在沙发上，“这样不道德。”我等着她引导我说下去。我们的治疗还剩十分钟。露丝–安妮坐下来，揉揉下巴，抱着手肘，意味深长地点点头。她仿佛在模拟扮演治疗师的角色，就像一个孩子假装治疗师。“我不想破坏我对柯丽的承诺，”我继续说，“但是我又想知道。万一出事呢？万一我们需要他的病历呢？你觉得这样对不对？”

什么东西从墙上掉下来。露丝–安妮睁大眼睛，但是她又假装没有看到。

“是那张卡片吗？”

她猛地点点头。她把卡片藏在一张奖状后面。现在它掉在了地上。我移开视线。

“不用搞得像是藏复活节彩蛋一样。放在书桌抽屉里就好了。”她跳过去捡起卡片，没有放进自己的桌子，而是冲出门放进了前台的桌子，重重关上抽屉，仿佛卡片是个无赖，想要逃跑。

“我们说到哪里了？”她气喘吁吁地回来，重新回到治疗师的角色。

“我问你觉得这样对不对。”

“我告诉过你了。”她突然又回归了自我，严肃，聪明。

“什么意思？”

“你想要像小孩一样玩，所以我们玩了。”

我跌坐回沙发，眼睛因为流不出泪水而疼痛。这就是她为何如此优秀，她总是能找到一种方式直指关键。

“你可以把卡片扔了。”我喘着气说。

“我会替你保留着。我们的生活充满孩子气的恶作剧。谢丽尔，不要逃避你的游戏，只要心里明白：‘哦，我知道我想像小女孩一样玩耍。为什么？为什么我想成为小女孩？’”

我希望她不要让我回答这个问题。

“你有没有想过出生第二次？”她问。

“你是说再出生一次？”

“重生。布鲁瓦亚尔医生和我都觉得这可能是个好办法。”

“布鲁瓦亚尔医生？你和他谈论了我？”

她点点头。

“不是有病人机密吗？”

“对其他医生不适用。一个胸腔科医生会对一个神经科医生隐瞒信息吗？”

“哦，对。”我没有意识到自己情况很严重。

“我们是认证过的，”——她指指墙上的证书——“团队工作。”

我眯眼看看证书。先验重生教师二级证书。

“你真的觉得有这个必要吗？”

“必要？不。只有吃饱了活着是必要的。你在子宫里时快乐吗？”

“我不知道。”

“你跟着我们治疗一次就知道了。你会想起自己从单细胞变成囊胚，激烈扩张和收缩。”她龇牙咧嘴，伴随着痛苦的颤抖收缩上半身，接着又舒展地呻吟。“所有剧变都发生在你体内，对小女孩来说负荷太重。”

我想象自己躺在地板上，露丝—安妮的腹股沟抵着我的头顶。“为什么布鲁瓦亚尔医生必须在？”

“问得好。孩子在受精前可能就有意识了，作为两个分开的动物——精子和卵子。所以我们想从那里开始。”

“从受精开始？”

“当然只是仪式上的象征意义的受精。布鲁瓦亚尔医生会扮演精子的角色，我会扮演卵子。候诊室，”——她指指候诊室——“就是子宫，你穿过门出生。”

我看着那扇门。

“他这周末和妻子在这里，是一次特别旅行。周日三点怎么样？”

“好的。”

她看看钟；我们没有时间了。

“我要不要——？”我指指地上的纸片。

“谢谢你。”她查看电话留言时，我跪在地上收拢信封的碎片。我把它们带走了，不想弄乱她的废纸筐。

我把信封塞回两本书中间，又重新放好了汽水罐拉环之后，打开了 Grobaby.com 网站。没有什么关于囊胚扩张和收缩的信息。我咬着指甲，看着一个卡通的胎儿。这个网站并不教人怎么做。如果柯丽身体里的小东西某种程度上依赖着我的叙述，那么它在发育中会有严重缺陷。我想象一个懒惰，发着消息，嚼着口香糖的胚胎，漫不经心地形成着至关重要的器官。

《胚胎发育》第二天到货了；我花钱要了加急运输。九百二十八页没有平均分配到每个星期，所以最好是从头开始读。我等到柯丽吃完甘蓝和豆酱。她在沙发上坐好，我清了清喉咙。

“‘几百万个精子成群结队地穿过子宫，进入输卵管——’”

柯丽抬起头。“哇哦，我不知道我是不是想听这个。”

“已经发生了，我只是概括一下。”

“我必须要听吗？”她拿起手机和耳机。

“音乐会干扰——它得听到我的声音。”

“但是我的脑袋离得远远的。”

她翻着手机，找到一个节奏强烈的音乐，示意我继续。

“成功的精子，”我拿腔拿调地说着，靠近她的大肚子，“和卵子结合，它的细胞核融入卵子的细胞核，形成新的细胞核。随着配子细胞膜和细胞核的融合，它们成为一个细胞，那就是受精卵。”我可以清晰地想象受精卵——闪亮，球根形，充满了曾经是两个个体的惊人记忆，如今却活该承受个体永恒的孤独。悲伤永不消逝。柯丽闭着眼睛，眉毛汗涔涔的。不久以前她还是两个动物，卡尔的精子和苏珊娜的卵子。现在同样的事情也发生在她的体内，一个可怜的新生物正尽力拼凑自己。

第二天早晨我满怀同情地见了老板们；你会认为你创造出来的人至少会和你保持泛泛之交。苏珊娜和卡尔已经几个月没有和柯丽联系过。他们尽可能坐得离我远远的，双手交叠放在桌上，显示出礼貌。吉姆鼓励地微笑；这是我的第一次董事会会议。莎拉侧身坐在我过去的椅子里记录。我正式进入了董事会，而菲利普的辞职也生效了。

“他身体不好，”吉姆解释，“我同意送给他一篮混合芝士。”他更可能是不好意思露面——他应该感到羞愧。十六岁！十六岁的情人！当苏珊娜反对克里斯托夫和其他仓库员工的退休福利时，我站起来，像个了解工会的人那样挥舞拳头。取代菲利普的位置非常激励人。当投票对我有利时，苏珊娜用口型说：“说得好。”她在研究我的头发和衣服，仿佛刚刚认识我。我称呼莎拉为莎拉小姐——像个佣人。苏珊娜觉得很好笑，叫莎拉小姐再去拿一些咖啡。

“你坐下吧，莎拉，”吉姆说，“那两个人在闹着玩。”我沉醉于同事情谊。这么多年来我都在寻找一个朋友，但是苏珊娜不需要朋友。而是一个对手——这能引起她的注意。休会时我们都去了员工厨房，默默泡茶。我等着她开口说话。我喝一小口，她喝一小口。过了一会儿我意识到这就是交谈，我们正在交谈。她祝福我照顾她的女儿，而我谦卑地接受了这份责任。仲子进来的时候，苏珊娜走开了。出于尊敬，我们会保持距离。

露丝–安妮警告过不要把车停在车库里；周末没有工作人员。我停在了街上。我进电梯的时候一个上了年纪的女人正在打扫。她飞快地擦拭了在我身后关拢的门，然后开始清洁按钮，擦的时候每个都被按亮了，但是她又很礼貌地只清洁我上面的楼层。

门还锁着；我到早了。我关掉了手机，以防它在重生的时候响起来。我坐在走廊里，他们几乎晚了十五分钟。很显然他们对于副业不太专业——态度更随意。嗯，我那么准时是不是很蠢。过了一会儿我想起来约的是三点，不是两点；我早到了四十分钟。我四处转悠，周末没有人工作；楼里很安静。露丝–安妮的办公室在一条长长的走廊尽头，通过一条长长的走廊和另外一条长长的走廊相连。H 形。知道这些很有用——我一直不太清楚这里的楼层结构。我还能如何有效利用这段时间呢？我问自己。有什么总归需要做的事情吗？我慢跑回门边，转身，跑过每条走廊——这是很好的锻炼，而且距离不短。三四十个 H 形大概等于一英里，两百卡路里。跑了七个 H 以后，我已经大汗淋漓，气喘吁吁。我经过电梯时它叮地响了。我加速，电梯门打开的时候正好拐了个弯。

“但是停车库工作人员周末不上班，”露丝-安妮正在说，“他从来不上班。”我跑过她办公室的门，拐了弯。我需要一点时间顺过气来，并且擦擦脸。

“哦，不会吧。”她说。

“怎么了？”

“钥匙在另外一个钥匙圈上，我换了一个新的钥匙包……”

“真有你的，露丝-安妮。”

“要不要我回去拿？”她的声音出奇的高，像一只骑马的老鼠。

“等你回来的时候治疗都结束了。”

“你可以单独见她，等我回来。”

“在走廊里？打电话给她取消吧。”

她花了一点时间才在手机里找到我的号码。

“转到语音了。她可能是在停车。应该很快就会上来。”

我控制不住喘气，鼻子发出哨音。我应该走得更远些，但是现在移动太冒险了。

布鲁瓦亚尔叹气。“这样真的不行。”他说。听起来他正在剥一粒糖。现在有什么东西在他嘴里咔咔响。“不管怎么样都不行。”

“重生？”

“就是——你胡编乱造的那些事情，这样我和家人在一起的时候你就能见我。”

露丝-安妮沉默。很久都没有人讲话，他开始嚼糖。

“她到底还来不来，还是你的计划就是这样，我们一起站在走廊里——然后呢？操？你想要这样？还是你只想给我口交？像狗一样蹭我的腿？”

像是从通风口传来一阵混乱刺耳的声音，接着爆发出上气不接下气的啜泣。露丝–安妮在哭。“她会来的，我保证。这真的是治疗，真的是。”

他愤怒地嘎吱嘎吱咬着糖。

我把头发掖在耳朵后面，捋了捋眉毛——每个人都会很尴尬，但是至少他会知道她不是骗子。我深深呼了一口气，勇敢地走出了角落。

“你是不是——”她哭得那么厉害几乎没法说话，“你这样说是不是因为你想让我——”最后几个字像尖利的鸟叫——“给你口交？”

我轻快敏捷地往后退。没有人看到我。

“不是的，露丝–安妮。我这样说不是因为这个。”他又叹了一口气，这次更响了。

“因为，”她说，“我可能愿意那样做。”我能听见她努力用塞住的鼻子和晕开的睫毛膏绽放一个谄媚的微笑。

最开始她甚至不喜欢他。她能够感觉到他的自大和他对一切不利己的东西的无视。当她指出这些缺点时，医生大吃一惊。这让他想要和她性交，只为了让她乖乖听话。但是他结婚了，而且这样做不值得。她从身体上来说并不太理想——有点太老，肩膀太男人，下巴像马。她清楚这一点，仿佛他曾亲口说过："你有点太老，肩膀太男人，下巴像马。"羞辱让她兴奋，以及他已经结婚的事实。没有什么比想象贤妻良母布鲁瓦亚尔太太专心做晚饭以及排列好孩子们的凳子更激励她。最后她拿下了他。一天晚上在重生课程之后，他对着酒杯哭泣，承认他和妻子正在经历一段艰难时期。正是那天晚上她建议了这样的安排；她把这说成是一种治疗。他说他相信她，这份信任在最初几个月是他们之间动力的基础。她是他的新接待员，他却仿佛在为她工作。她指引他为她做事。很甜蜜，他真的有点爱她。她感觉满足平静。渐渐地他有了自信，游戏升温。对他来说这既是有氧健身又兴奋刺激；在他们最好的时光，他喜欢她健美的身材，宽阔的肩膀。小个子的女人早就会吃不消了，她却有着野兽般的耐力。

但是最终她想要的比他做的多，这让她低于他。没有办法打倒一个已经躺在地上的女人。他们的性交仪式性地持续了一段时间，然后缩减为经过的时候拍拍屁股。终于至今已经几年没有做过了。

"你要去哪里？"她擤着鼻子说。

他正朝我走来。他用墙壁拉伸肩膀，胳膊伸出拐角，一只手就在我额头前方几英寸的地方。我盯着它，它缩了回去。他叹息着回到露丝–安妮身边。

"我付给你正常工资吧。我在阿姆斯特丹的秘书拿的是你三倍。"

"但她是真正的秘书。"

"你也是真正的秘书。"

她像被扇了一巴掌似的沉默。

"你和真正的秘书有什么区别？告诉我。已经那么多年了，露丝−安妮，那么多年了。"

协议，我心想，根据协议条款。

她沉默。

"如果你不接受正常工资，我就雇一个可以接受的秘书。"

露丝−安妮清清喉咙。"好的，再雇一个秘书吧。"现在她听起来又是她自己了，平静，聪明。

"好的，我会的。谢谢你。我觉得这样对我们都好，"他说，"我们能走了吗？"

"你走吧。我还要再等等。"

布鲁瓦亚尔医生疲惫地笑了。他还是不相信我会来。"你肯定吗？"

她根本不肯定，毫无疑问。她在给他最后一次机会选择她，留下来，永远留下来，尊重她所有的纷乱，和她一起住在爱和性的新世界里。

"嗯，我肯定。"我可以听到她正在使用的微笑。最后一次机会，它说，最后最后一次。

"好吧，我和黑尔格离开之前我们可能见不到了。等我回到阿姆斯特丹我们通个电话好吗？"

她可能点了点头。他朝电梯走去。他按了按钮，我俩都在听。

我的治疗师和我，等待着这一部分的终结——他已经从这里离开，却依然和我们在一起。我们听着电梯上升，开门，关门，接着是长长的下降，声音越来越微弱，却仿佛永远不会结束。她跌坐在地上，啜泣。楼里有什么东西关了，暖气或者冷气，变得更安静。我试图不去听她上气不接下气的哭声。过了一会儿，她擤擤鼻子，又重又响，拿起手提包，走了。

回到我温暖的车里，开车回家里见柯丽的感觉好极了。我打开手机，有一条新消息。

“你好，谢丽尔，我是露丝–安妮，现在是周六下午三点四十。你错过了三点的重生治疗。因为你没有提前二十四小时取消，所以得付全款。请准备好支票。我们周二常规时间再见。祝好。”

没有别的办法。我回电约了一次急诊。我必须得要告诉她我做了什么，并且承认我挣扎于对她的想法。现在我觉得她既可怜又绝望。着了魔。

“很好，很好，”她会说，“继续说。”结果证明，这正是关键所在，见证原生母亲和原生父亲之间的对话。

“但是我偷听了！”我会大叫。

“你扮演间谍和调皮小孩的角色很关键。”她会激动地说，因为在她二十年从业经历中，这是第一次有病人转移心理场——这是一个精神病学的词语，转移心理场。这意味着一切都可以展露出真实的样子，所有问题都被解答，对医生和病人来说一切都真相大白，治疗师会一次性偿还所有的费用，建立起真正的友谊。

布鲁瓦亚尔医生此刻会戴着面具出场，上面粗糙地画着他自己的脸，显示出走廊里的对话是一场闹剧——这就是重生。

“你见证了反向孕育，还活了下来。非常厉害。”

“但是你们怎么知道我会早到？”我会说，不可思议，几乎无法相信。

“看看你的手表。”布鲁瓦亚尔医生会说。我的手表慢了一个小时。布鲁瓦亚尔医生会脱下面具，露出非常相似的面孔，接着露丝-安妮会假装她的脸是一张面具，因为她的皮肤有点松，有那么一瞬间仿佛她真的可以剥下来。但是幸好她剥不下来。我们都会大笑，因为笑着感觉太好了而接着笑。我们中的一个会说，笑是肺部按摩。

现在我几乎感觉自己不用去急诊了，但我还是去了。我好奇我能不能真的一次性拿回所有钱；似乎不太可能，但是如果我真的转移了心理场，那样也很合理。只要真有转移心理场这回事，然而当我坐在沙发上时，想起来不是这样。我解释自己到早了，听到了他们完整的对话。

露丝-安妮睁大眼睛。“那你怎么不说些什么？”

“我不知道。我真的不知道。但你是否认为或许最重要的是我扮演了一个调皮的”——我已经发现她并不这样认为——“孩子？间谍？”

“我不明白你怎么可以这样，”她用手捂住脸，“不能容忍。”

除非这是闹剧的一部分？我试着微笑了一下。

“郑重地说，我觉得你做了正确的事情，”我说，“退出。”

露丝–安妮站起来，花了一点时间把她的长发扎成马尾，告诉我说我们到此为止。

“我们的缘分已尽。你打破了病人的保密协议。”

“那不是用来保护病人的吗？”

“那是双向的，谢丽尔。”

我想知道接下来会发生什么。

“就这样吧，再见。今天我会按比例收费，因为不是完整的治疗。二十美元吧。”

她好像是认真的，于是我拿出了支票本。

“你没有现金吗？”

“我没有。”我看了看钱包，都是一块钱的。

“你有多少钱？”

“六美元？”

“就这样吧。”

我给了她现金，包括一张撕成两半的一美元，我好几年来都想把它粘好。

“这张你留着吧。”她说。

我开出车库的时候，能感觉到她正从十二楼的窗户看着我的车。我吃惊于这样的疗法。像这样被抛弃对我来说意味深长。这是我们迄今为止最有效的治疗。

第九章

柯丽产前班里的女人都是二三十岁，除了老师南希，她和我一样年纪。每次南希提起二十年前她生孩子的时候产科医生是什么样的，她就看看我；不去赞同地点头是不可能的，仿佛我也在回忆。有时候我甚至还和南希一起悲惨地轻笑，所有年轻夫妇都尊重地朝我微笑，一个经历了这一切的女人现在又在支持她美丽却可悲的单身女儿。我们收到生产过程中会用到的彩页印刷品，以防我们忘记如何数宫缩，或者幻想什么来放松。我们学习如何把孩子推出来（像小便一样），生产时喝什么（运动饮料和蜂蜜），生完以后吃什么（自己的胎盘）。柯丽仿佛在兴奋地记录所有细节，但是凑近看她的本子上全是一页页无聊的圆圈。

最后三个月，肌肉骨骼和造血系统完整了，柯丽不再走动。她巨大的身躯陷在沙发里，待着，希望有人替她传递所有东西。毛毛公主。

“记得南希在产前班里是怎么说的吗？”我提醒。

“什么？”

“保持运动很重要。我相信宝宝的父母也希望你不要整天看电视。”

“实际上这是他们最喜欢的节目，”她说着打开了《美国家庭滑稽录像》，“我得让宝宝习惯。”

“谁最喜欢的节目？”

“宝宝的父母。埃米和加里。”

她大笑着看一只狗在鼻尖上顶着一只罐子到处走。

“你见过他们了？”

“什么？没有。他们住在犹他州还是什么地方。我在网站上选的。”

这个网站叫 ParentProfiles.com ；菲洛梅娜家庭服务机构的女人几个月前发给她的链接。

“为什么选埃米和加里？”我一页一页地翻看那些整洁、绝望的夫妇，“为什么不选吉姆和格雷琴？或者道格和迪尼丝？”

“他们的爱好不错。”

我点开他们的爱好。埃米最喜欢的食物是比萨和玉米片，加里是咖啡冰淇淋。他们都喜欢狗、复古汽车，还有《美国家庭滑稽录像》。加里喜欢大学足球赛和篮球赛。埃米最喜欢的假日传统是烘烤姜饼小屋。

“你最喜欢哪个爱好？”

她从我肩膀上方看过去。

“有没有什么是关于鸭子的？往下拉。”她眯眼看着屏幕，“可能是其他人的。姜饼小屋——我喜欢这个。”

“这是决定性因素？”

“没有。但是看看那个谷仓。”她指了指顶端的图片。

“这是图库照片——每个页面都有。”

“不是，这是他们的谷仓。”她试着点击谷仓，“没所谓，他们已经是正式的了。”

“你给他们发邮件了？”

“菲洛梅娜的卡丽发了，我甚至不用见他们。”

她真的已经这样做了。表格已经填好了。

“你有没有去办公室签文件？”

“卡丽给我发了邮件。我在网络上都弄好了。”

一只蜗牛爬上书架。我把它放进里克的桶里。

“你有没有填谁是父亲？”

“我说我不知道。没有规定我必须要说。”

我又点开了埃米和加里。他们看着不错，除了加里。加里即便不戴墨镜，也像是戴着一样。酷酷的客户。我点击“我们给你的信”。“我们知道这一定是你生命中一段非常困难的时期。你对你孩子的爱和感情是无法衡量的。”我看着柯丽。

“你觉得这是你生命中一段非常困难的时期吗？”

她环顾四周，思索是否是这样。

“我觉得我还好。”她点了几次头，“是的，我还好。”

我骄傲地皱起眉头。“是荷尔蒙。”

我很擅长这个。我是个好母亲。我想告诉露丝–安妮——她不知道这些让我非常痛苦。但是或许她知道。或许她依然以某种方式注视着我。我把头发掖在耳朵后面，对着电脑微笑。

“打开 Grobaby.com。”柯丽说。

我指着《胚胎发育》。“我们应该读完肌肉骨骼系统。这部分可不好省略。”但是她三星期后就要生了。即便没有指导，她的身体或许也能从此自己完成。我打开 Grobaby.com。“怀孕期间对你的宝宝讲话，唱歌和哼哼是一种很有趣的交流方式。好好热身，上演自己的百老汇。”

“如果你不想和宝宝交流怎么办？”她看着电视说。

我清了清喉咙，哼了一小段。“你介意我试试吗？”

她用遥控器转换了频道，撩起衬衫。

肚子真的很大。从她的肚脐往下有条令人不安的黑线。我把嘴唇凑近到足以感受到辐射出来的温度，她缩了缩。

我一会儿哼得高，一会儿哼得低。我哼得长长的，维持着单音，像是来自异国他乡通晓古典的智者。过了一会儿我的低音像是分裂了出去唱起了和声，有一瞬间我还以为自己唱着图瓦人那样动听的呼麦。

她的眼睛盯着电视，但是嘴唇紧闭，仿佛想要跟上我的音高。然而她突然明显地害怕了。她二十一岁，现在任何时候都可能会生，在这个家里，可能就在这个沙发上。我试图安慰地哼唱。一切都会好的，我哼，什么都不用担心。柯丽的肚子碰到我的嘴唇——宝宝踢了；我们齐声提高了嗓门。我还在想我们会不会尴尬地不知道该如何停止，哼唱声却变弱了，如同火车般自行离去。

我们在产前课上学到，临产的时候，她的脸会肿。或者她会怀着强烈的筑巢本能而开始擦墙。我很难想象这一点——她怎么知道我把海绵放在哪里？

她清晨起床，非说有一只猫在家里撒尿了。

“闻闻这里。”她说着，在我的书架跟前嗅来嗅去。我闻不到。她在家里四处追踪入侵者看不见的踪迹。“它肯定进来，撒了一泡尿，又离开了。”她撩开浴帘。“我们只有找到它钻进来的洞。”于是我们一大早便在找洞，直到她突然倒抽一口气坐在沙发上。她双手抱着肚子，吃惊地抬头看着我。是一次宫缩。

“可能不是猫？”我说。

“对，不是猫。”她飞快地说，仿佛我大大落后。

我立刻打电话给接生婆，说了猫尿、洞和现在的宫缩。所有的信息都有用，可能对于医生来说没用，但对于我们这个有着十五年经验的博学的接生婆却有用。“你现在可以过来吗？”我试着听起来不要太绝望，“还是你觉得太早了？”

“我在爱达荷，”她说，“但是不用担心，我马上回来。我会尽快开。”

“开？”

“我要替一个朋友把车开回洛杉矶。”在做出草率的判断前，我试着站在她的角度思考。如果她不把车开回来又能怎么样呢？那是个什么样的朋友啊？也是一个接生婆吧。

“我觉得我们得去医院了。”

她笑起来。“不用担心。所有人都觉得孩子就要出生了。孩子至少还要等十二个小时才会出生。好消息是你可以随时打我电话。我完全可以接电话。”

我告诉柯丽不用担心，孩子要过十二个多小时才会出生。

“我撑不了那么久。”她呻吟着。她用指甲抓着沙发。“我们应该给菲洛梅娜的卡丽打电话，她得通知那对父母。”她的眼睛凸出，从胸腔里发出奇怪的低沉的杂音。

“或许我们应该通知你父母？”我建议。

“你开什么玩笑？”

宫缩似乎比正常的更密更久，但是我不确定我是否计算得正确。而且无论如何一开始都不应该算；课上发的蓝色彩页建议叫朋友们过来，去看电影或者跳舞。我们从没做过这些事情，但我还是对柯丽提了。

“有没有你想做的事情？”

柯丽摇摇头，发出可怕的呻吟。我跳到了粉色彩页。我们试了一种课上教的想象——每次宫缩都是一座山。“想象一座山，你已经爬到一半，现在你在峰顶，现在你下到另外一边，很容易，快好了。”

“我没法想象，”她低声说，“我不是视觉思考的人。”

我试着让它更真实，描述崎岖的山峰，宏伟的景色。“想想一美元纸币上的图案，想想那座山。”我拿出手提包。一美元纸币上没有山——是一座金字塔。“集中注意力，你在金字塔底部。”我说着，把脏兮兮的纸币拿到她跟前。

“好的。”她把视线凝聚在小小的金字塔上。“开始了。”我用一只发夹代表她爬上陡壁的进程。“太快了。”她说。金字塔太小了，起初很难走得足够慢。但是我们很快减缓了速度，每一次新的宫缩到来，她就拿起纸币戳到我跟前，我们一路爬往漂浮的眼睛。这是政府分发给每个产妇的工具；可以反复使用，但只能用来购买一次宫缩。

早晨七点里克自己用钥匙开门进来。我们正在金字塔中间，于是我没有理他。他去了洗手间，然后站在门口看着我们。柯丽刚刚从另一边下来，便让我叫他走。

“我就待在院子里。”他说，想要溜回去。

“我不想让他听见我，”柯丽呜呜说，“也不想让他透过窗户看到我。”

里克皱着脸不情愿地走了。我的手机响了。

“是我，”接生婆说，“她怎么样了？”

“还行。我们在做视觉想象。”

“很好，完美。花朵开放？”

“不是，爬山。”

“这里周围有很多宏伟的山。你来过爱达荷吗？”

“你还在爱达荷？”

“这里很美，但不是那种一目了然的美，你知道吧？”听起来她好像正在试图用牙齿撕开一包薯片。“我曾经有个男朋友住在这里。对我来说太乡村了。我在想他后来怎么样了。”

她无聊。她打电话来是因为她无聊。

柯丽把一美元戳到我跟前，我挂了电话。旅途变得更慢更艰难。

“我坚持不下去了。”她说。

“坚持到眼睛那里。看看上面写着什么。‘*Annuit Coepits*’[1]。”

“什么意思？”

“‘天佑基业’。上帝。”

她猛烈地呼吸。“我不是开玩笑。我真的不行了。”

她的脸看起来疯狂，肿胀。汗湿的金发颜色变深了，粘在脸上。她笨拙地脱下短裤；我扭过头去，看到里克偷偷走进卧室。他怎么还在这里？我跳过粉色彩页，来到白色的那几页。

“你在过渡中。”我说。老师告诉过我们这个——是个好征兆。

“你在说什么？”她像是没和我一起上过课似的。

“这就是你能感觉到的最糟的时候。”

“最糟？”

1 一美元纸币上的拉丁文。

“嗯，可能不是整个生命中最糟的时候，我们不知道自己怎么死的——那可能更糟。”我偏离了话题。我把脸凑到她跟前。“你能做到的。”我说。她看着我，好像我什么都知道。她认真听我说的每句话。

“好的，”她说，突然用双手抓住我的前臂，“开始了。”

现在一美元被扔到一旁，没用了。每次宫缩期间她都盯着我，绝不眨眼，绝不东张西望，抓着我的胳膊，仿佛它们是钢铁的支柱。我没有那么强壮，但是这个稍后再说。

“她难道不应该在这里吗？”柯丽呼哧呼哧地说。我告诉她接生婆在路上了，其实不是这样。我在等待一个休息的时机，好让我解释一下目前的情况，我们得冷静地讨论一下选择，接着回来继续生孩子。

“她正开着朋友的车从爱达荷来加利福尼亚。她赶不来了，我们得去医院。”

“真的吗？是真的吗？”

我点点头。

她在哭，现在又开始宫缩。“他们会把我切开，我不想被切开。”她开始小便。接着，小便顺着大腿往下淌，她低头对着地板呕吐。她爆炸了，崩溃了。我想替她擦洗，但是她贴在墙上。“如果我们不去医院，是不是孩子会死？”

“不会，不会，当然不会。”她说谢谢你；她唯一关心的事情就是不要去医院。如果让我再说一次，我会说，可能吧。它或许能活下来，或许不能。另外，接生婆当初一说爱达荷，我就应该带她去宾瓦利医生那里。因为现在太晚了，医院仿佛是我们在几小时前就错过的休息站。柯丽大叫一声。“我能用力了吗？”

“你是不是想要用力？”

“我只能这样。”

“好的，只用一点点。我打电话给接生婆。”

但是她不让我走，直到她用完力。接生婆的收音机开得很响——听起来像是一首乡村歌曲。

“接生需要什么？”我喊道。

“她要生了？你得去医院。”

“她在用力了。我们要在家里生。我需要煮水吗？我要怎么做？”

她关上收音机。

“妈的。好吧。至少，你需要三条干净毛巾，一点橄榄油，一碗热水，消过毒的锋利剪刀，和一根干净的绳子。”

我在家里跑来跑去，收集她说的东西。里克在厨房里，把热水倒进马克杯。

“我要用那个水。”我大喊。

他弯腰，平静地解开网球鞋的鞋带。“卧室里已经有热水了。”他说着把鞋带放进马克杯里。“我不认为你会有绳子，但是可以用这个。”他怀着轻快的威严，卷起脏袖子，在厨房水池旁边洗手。

柯丽在另外一间房间大叫。

“你真的知道应该怎么做吗？”

他谦虚地点点头。“我知道。”

我看着他的脸。既不温柔也不错乱；他的眼睛清澈，眉毛像老鹰，长期户外生活导致皮肤太黑。他像是一个堕落的外科医生——玩忽职守，穷困潦倒，无家可归。我没有证实任何一点，只是跟着他进了卧室。他温柔地把马克杯放在我梳妆台上的一碗滚水旁边。剪刀和橄榄油也有了，还有一沓毛巾。地板上铺着黑色塑料垃圾袋。我安慰地笑了。

“你以前做过。”

他皱起眉毛开始说话，这种反应已经比起一句“是的”要长得可怕，并且复杂得多。柯丽尖叫着，手脚并用爬进卧室。

她大叫着它的王冠已经露出来了。一个王室宝宝。她的意思是说他在露头[1]，但是他没有。

我解释说我们的命运掌握在里克的手上，还说他洗了手。我希望她不会注意到满屋的疑虑。但是她全然不在意。

“我现在真的可以用力吗？我想把它生出来。”

我的心脏猛跳。它。我忘记了宝宝。直到刚才她一直在生产着生产——生产着宫缩、吵闹和液体。然而里面还有个人。

我们给了她水、运动饮料和一点蜂蜜。我之前忘记了这些东西，但是里克在这里很容易想起来。他建议我在下一次宫缩前也

1 “（分娩时胎儿）露头”英文为 crown，故有之前“王冠”的误解和“王室宝宝”的联想。——编注

洗洗手。但是太晚了。她蹲下来，在可怕的尖叫声中分开双腿，露出一个完美的头顶。柯丽伸手去摸。

“没有脸。”她说。

里克往我的手上喷了免洗洗手液。他甩着手示意我做一样的动作。我们一起甩手。柯丽突然躺倒好像睡着了。我朝里克抬抬眉毛，他用手掌做了一个顺利的手势，意思是说这很正常。他把脸凑到她跟前，用低沉陌生的声音说：“再用一次力它就出来了。”柯丽睁开眼睛，顺从地点点头，仿佛他们认识了很久。

“深吸一口气。”里克说。她深深吸了一口气。“大声用力地吐出来。再用点力。”

它和液体一起涌出来，里克接住了，是个男孩。他看着像是死了，但是我从课上看的生产录像里得知这很正常。然而安静到可怕。还有一股臭味。里克把宝宝倒过来，他咳嗽了。接着咯咯叫起来。不像是一个初次发声的人，却像是一只老乌鸦——有点厌倦，有点逆来顺受。然后又安静了。里克把宝宝放在地上，老练地用我的指甲剪剪断了脐带。用消过毒的鞋带绑住宝宝的肚脐。柯丽试图站起来，却痉挛地蹲下。一堆内脏似的东西从她的两腿间掉出来。是胎盘。她靠回到床上。“你抱着他。”

他几乎没有重量。腿上覆盖着豆汤般的绿色黏液，眼睛往上翻，如同一个试图辨清位置的老醉鬼。一个四肢软绵绵的苍白的老醉鬼。

“他真白啊，是吧。”我说。

我看看柯丽的皮肤，现在甚至更黑了。

“你不白。他爸爸白吗？”

我试图想起柯丽的世界里所有很白的男人。宝宝太白了，几乎发青。我们认识的谁是青色的？谁，谁，我们认识的谁是青色的？但是这个问题只是一个滑稽的伪装，一个掩盖我真实想法的可笑的小丑鼻子。

“拨 911。”我说。

柯丽抬起昏昏沉沉的头，而里克僵住了。

手机在他的膝盖旁边，他缓慢地拿起手机。

“豆汤。我们在课上学到过。这说明情况不妙。拨 911。”

孩子现在已经是深青色，几乎是紫色的。时间，我在想，我们的时间所剩无几。突然响起一阵羽毛声，仿佛湿漉漉的巨大翅膀正在张开——是柯丽正在离开塑料垃圾袋。她站了起来。大手从里克那里抢过电话。她拨了号，说了地址，她知道邮编，她知道交叉的马路，调度员给出指示，她清晰地传达给我们——“用毛巾裹住他”，“盖住他的头顶”，我异常流利地完成了每个动作，仿佛这个剧情我们已经练习了很多年，扮演救宝宝，现在是我们表演的机会。里克在角落里看，疲惫，干瘪；他又变回了流浪汉园丁。

救护员像特警队一样嚷嚷着把设备扔得到处都是。柯丽被裹在一块米色的毯子里。一个运动员模样的上了年纪的女人对着宝宝数数。可能在数他死了多少秒。如果她在数他死了多久，她永远不会停，她会一直数下去。

里克在我上救护车前递给我一个特百惠盒子。

“我把它洗过了，”他大声说，“是干净的。”

意大利面，我想，凯特的意大利面，万一我们饿了。

第十章

他小小的喉咙塞着巨大的东西。红肿的肚脐上也插着管子。他身上贴满白色贴纸。线和管子交织在他和很多吵闹的哔哔响的机器之间。他的身体几乎容纳不下所有必须灌进去的东西。

“你觉得他们知道吗？”柯丽在轮椅里低声说。

我们隔着白色病号服握住彼此的手——交叉的白色指关节形成一个小小的坚硬的大脑。我看了看护士们。每个人都知道这个宝宝将要被领养。

“没有关系，只要*他*不知道就行。”

“宝宝？”

“宝宝。”

但是这个宝宝正拼命活下去，却不知道他在这个世界上是彻底孤单的，没有什么比这个念头更可怕了。他没有亲人，还没有——法律上来说我们可以走出这扇门，再也不回来。我们站在那里像被催眠的罪犯，忘记逃离现场。

我自己的大脑和思绪只是遥远的声音。重要的是每过几秒她或者我会握紧拳头，意思是，*活下去，活下去，活下去*。送来一袋血，是从圣迭戈来的。我去过一次那里的动物园。我想象那袋血来自于一头强壮的斑马。这很好——人类总是因为心碎和肺炎而衰弱，动物的血要坚韧得多，*活下去，活下去，活下去*。一个正在消毒的强壮男人示意我们过去。

“他情况介于危险与稳定之间。如果他开始发灰，你们得离开。”

他教柯丽如何把手穿过洞伸进明亮的塑料恒温箱。宝宝的手掌奇迹般地握住了她的手指。这只是反射，男人说。*活下去，活下去，活下去*。

柯丽反反复复地哼着一段我几乎听不见的曲子，起初我以为是祷告，但是过了一会儿我意识到她只是在哼“哦，可爱的男孩，哦，可爱的男孩宝宝”，一遍又一遍。主治医生过来的时候她才停下来，那是一个高个的印度男人。他的脸庄重严肃。有些人的脸总是这样，他们被这样抚养长大。但是他一开口就很清楚他不是这样的人。他提到了好几次*胎粪*；我记得产前课里教过这个词，粪便。胎粪*吸入*引起了 PPHN。或者 PPHM。他说得很慢，但是还不够慢。*一氧化碳*。*呼吸器*。我们不断点头。我们是电视里点头的演员，什么都演不像的坏演员。他最后说*密切观察*。我们忘记问宝宝能不能活下去。

一个戴着眼镜，露出很多牙齿的年轻护士建议柯丽在产科楼层的接待室里躺一会儿。柯丽说她没事，护士说："你流了很多血。"她的袍子后面都湿透了。她坐回到轮椅里，突然之间就不行了。她的眼睛奇怪地陷了下去。他们会叫我们的，护士说，如果有什么情况。我们阴郁地看着对方，如果我们不走，就不会接到可怕的电话。

"我留下吧。"我说，柯丽坐在轮椅里被推出了门外。

我不敢看他。那里还有其他十个或者十五个宝宝，每个都挂着哔哔叫的机器，不时响着警报声；警报声重合，发出此起彼伏的噪音。在 NICU（新生儿重症监护病房）的另外一边，另外一组医生和护士正围着一个小小的一动不动的东西。它的父母彼此站得很开，告诉所有人都是对方的错，而且那个人永远得不到原谅，永远。他们愤怒地祈祷。母亲抬头看我，我看向别处。

无法握住柯丽的手，我的思绪散乱得吓人。我可以想到任何事情。我可以想：*我为什么在这里？*还有：*这会变成一场悲剧。*还有：*如果我处理不好怎么办，如果我丧失了心智怎么办？*我开始落下大颗眼泪。

哈。我在哭。

现在哭变得很简单，简单到愚蠢。我用手擦擦鼻涕，弄脏了手。我回到休息室洗了洗手；流过皮肤的热水让我想家。这次他们叫我登记。*和宝宝的关系*我写了*外祖母*，因为每个人都觉得我是。

我强迫自己看着这个灰色的小身体。他的眼睛闭着。他不知道自己在哪儿。他无法从哔哔声和油毡地板上的脚步声推断出自己在医院里。他不知道医院是什么。每样东西都是新的，对他而言毫无道理。像一部恐怖电影，然而他甚至无法比较，因为他对恐怖电影一无所知。也不知道恐怖或者害怕本身是什么。他不会想——我害怕，他甚至不知道什么是我。我闭上眼睛开始哼唱。以前在家里的时候哼起来更容易，当时他还在她肚子里。那段时间在现在看来仿佛可笑的电视节目，我们三个人盲目地漂流，相信自己会安全。而现在才是真实的生活。我哼了很久，开始头晕。睁开眼睛时，他正看着我。他眨了眨眼睛，缓慢地，疲惫地。

熟悉地。

库贝尔可 · 邦迪。

我抚平我的病号服，把头发掖到耳朵后面。

我不好意思承认自己直到现在才认出你，我说。他对我露出相认的温暖表情，自从我九岁以来，他一直对我露出这样的表情——但是他筋疲力尽，仿佛搏出一切要回家的战士，半死不活地倒在门口。现在我无法忍受他独自躺在那里，插着针和管子。我打开圆形小门，小心地握着他的手和脚。如果他死了，他就永远死了；我再也不会见到另外一个库贝尔可 · 邦迪。

知道吧，我们就是这样的，我开始说，我们存在于时间里。活着就是这样的；你现在正活着，和其他人一样。我能看得出来他正在做决定。他在摸索，还没有得出结论。那个他待过的温暖、黑暗的地方，还是这个明亮、嘈杂、干燥的世界。

尽量不要根据这个房间做出决定，这里不代表整个世界。有些地方太阳正火辣辣地照在厚实的叶子上，云朵不断不断地变化形状，蜘蛛网破了却还能用。万一他不喜欢大自然，我补充：说到科技，这也是一个真正疯狂的时代。你可能会拥有一个机器人，那将会很普遍。

这如同是在劝说某人离开悬崖。

当然，没有“正确”的选择。如果你选择死，我也不会生气。我自己也有好几次想这样选。

他大大的黑眼睛往上翻，看着诱人的日光灯。

你知道吗？忘记我刚刚说的话。你已经是这个世界的一部分。你会吃饭，你会因为蠢事发笑，你会通宵不睡只为了体验那是什么感觉，你会痛苦地坠入爱情，你会有自己的孩子，你会怀疑，后悔，渴望，拥有一个秘密。你会变老，衰弱，你会死，耗尽一切精力。那时候你才会死，不是现在。

他闭上眼睛；我把他累坏了。很难让我的大脑不那么激动。戴眼镜的亚洲护士去吃午饭了，换了一个短发的猪脸护士。她打量着我，建议我休息一会儿。

“去吃点东西，走动一下。你回来的时候，他还在这里。”

“他会吗？”

她点点头。我不想继续追问他会一直活着，还是只活到我回来。如果我不走，他会活着吗？

我离开一会儿，很快回来。不可能丢下他。

我丢下了他。

松了口气的感觉平息了我的愧疚：离开那个可怕的刺耳的房间还挺好的。我跟着指示牌来到产科，在如往常一样忙碌的宁静走廊里晕头转向。

护士站有点搞不清状况。

“你能不能再说一次她的名字？”

“柯丽·施滕格尔。”

“嗯。嗯，嗯，嗯，嗯。”胖乎乎的护士在电脑上敲来敲去，“你肯定是在这个医院吗？”

“NICU 的人叫她到这里来的，她——”我指了指自己的裤子后面示意她在流血。我想起她深陷的眼睛，突然感到柯丽有巨大的危险，此刻她正在拼命活下去。一位年长的护士一边看着杂志，一边从远处注视我们。我趴在柜台上。

“你能不能……全面搜索？”我的意思是她可能在急救室里，或者 ICU，但是我不想这样说。“施滕格尔，你是不是在格和尔之间加了一个元音？没有元音，她有一部分瑞典血统。金发。”我又以防万一地补充说，“我是她妈。”

年长的女人放下杂志。“接待室，”她站在另外那位护士身后轻轻地对她说，“我记得是 209。在家生产。”

209 的门半开着。她穿着罩衫，躺在一张机械病床上。胳膊上的管子连着一袋挂起来的液体。她睡着了，或许没有——她的眼睛在颤动。

“哦，真好，”她看到我的时候说，“是你。”

我坐在她身边，感觉奇怪地温顺和紧张。她的头发梳成两条辫子——我从没见过。我想起威利·纳尔逊[1]或者印第安人。

“我想他现在应该没事。一个护士说我应该离开。”

“他们告诉我了。”

“哦。”

她仿佛始终都在这个房间里，知道医院的一切，而我却像乞丐一样四处磕绊。

“那是什么袋子？”

“只是盐水。我脱水了。宾瓦利医生做了检查，他说我没事。”

“他说的？”

“是啊。”

我盯着天花板看了一分钟。哭现在很简单，太简单了。

“我还以为”——我笑了一小下——“你要死了。”

“我怎么会死？”

“我不知道，你不会的。”

我们以前不会这样交谈，但是现在我们一起坐过救护车，在里面听了一路鸣笛。那时候她第一次握住我的手。

进来一位护士。

1 威利·纳尔逊（Willie Nelson，1933— ）美国乡村音乐家。于1970年代开创了一种反传统的西部乡村音乐风格“亡命徒音乐”。——编注

“你按了呼叫铃吗？”

“能不能再给我一点水？”柯丽问。

护士带着水壶走了，留下一股奇怪的金属的味道。

我想着她还会再回来，感觉我们什么都不能说。她拿着水壶猛地回来，铜似的味道加倍。我等着，先是等护士离开，然后等她的气息消失。

“你能递一样东西给我吗？”柯丽问，“那个特百惠？”

凯特的意大利面。它放在塑料椅子上。

柯丽打开盖子，低下头，嘴凑到盒子里。她的手像铲子一样把食物往嘴里倒。不是意大利面，当然不是——凯特的来访是好几个月前了。我站起来面对窗户，这样我就不用看着这一切。我依然可以从反光里看到她，而不是她在吃的那个血淋淋的东西。你吃了那么多自己的一部分会怎么样？她现在往后靠着，只是咀嚼，咀嚼，咀嚼。她往嘴里塞了太多，现在得拼命嚼。玻璃有一层琥珀的颜色或者薄膜，让她看起来很复古。真迷人，这个女人和柯丽如此不同。现在她小心地盖上盒子，咔嗒，用纸巾擦擦手，喝了一杯水，把头靠在斜着的床上。她的辫子摆在胸口，看起来郁郁寡欢，仿佛黑色风暴[1]时期的照片。你知道往后她整个人生的每一秒都将是艰难的。

“如果他活着，”她说，“他会不会很惨？”

1　黑色风暴，1930—1936 年期间发生在北美的一系列沙尘暴侵袭事件。——编注

“我不知道。”

“埃米和加里不会要他，”她慢慢地说，“这样的宝宝如果不被领养会怎么样？”

她现在看着玻璃里的我。我也是同样悲伤发黄的颜色。

我整个晚上都和库贝尔可·邦迪坐在一起，看着他小小的手指抓着我的拇指。我知道这是反射——他们的手也会抓住胡萝卜——但是我从来没有被那么坚定地握住那么久。我轻轻抽走的时候，他在空中乱抓。我早上回来。目前这是实话。

我躺在柯丽的床和窗户之间的金属小床里。有个宝宝半夜哭个不停，接着突然安静了。一辆推车嘎嘎推过走廊，有人说："谁啊？”有人回复："艾琳。”警报响了，又关了，然后又响了，直到最后彻底关了。我睡了一两分钟，醒来时又变成往日的我，无忧无虑，沉默寡言，直到警报又像浮尸一样出现。丢下他就好像是杀了人以后逍遥法外。我将永远忧心忡忡。这样的生活有什么意义？完蛋了。

他独自在那里。甚至可能不再活着。我想要哭泣。真正的外婆在哪里，牧师，酋长，上帝，露丝–安妮在哪里？没有人，只有我们。

在小床上不可能睡着。我坐起来把脚放在地上；床垫从两边翘起来变成V形。

“你要走了吗？”她低声说，“别走。”

“我不走。”

她把床摇起来。马达声很响。

“我一直有不好的念头。”她说。

“我知道。我也是。”这不是一个可以说安慰话的场合，比如一切都会好起来的。没有什么会好起来的，这是问题所在。我站起来想去握她的手；或许我们可以再次握拳。她抓住了我的整条胳膊。

“真的，别丢下我。”

她的眼睛很大，牙齿打战。她疯狂恐慌。我拉下床上的毯子，披在她的肩膀上，把恒温器调高，尽管我不确定它是否连接到任何东西。我去洗手间灌了一水壶热水，用白色医用毛巾做了热腾腾的敷布。

柯丽不知道是否该打电话给父母。

“我觉得这是个好主意。”

“真的吗？”

“他们的女儿有了一个宝宝，他们会想要知道。”

“他们不是那样的人。”

“这是生理性的，他们自己控制不住。”

“真的吗？”

我很懂行地点点头。

她拨了号码。我轻手轻脚地走出去，她猛地摇头，拼命指着椅子。

“妈，是我。”

苏珊娜声音的顿挫断断续续；我听不清她到底在说什么。

“在医院。我生了宝宝。

“我不知道，我们还不知道。他在 NICU。

“我还没有机会，一切都很疯狂。

“我说了我还没有机会。我没有给任何人打电话。

“不是。谢丽尔在这里。

“我不知道，事情就是这样了。她坐救护车一起来的。”

苏珊娜的声音变得很响；我挪到窗户旁边，这样我就听不到了。

“妈——

“妈——

“妈——”

柯丽放弃了，她把手机举在跟前；尖叫声疯狂扭曲，在空中爆裂。她这样拿着手机是为了好笑和无礼吗？不是。她在用力呼吸。她的手捂着肚子；有什么东西卡在那里。我凑近电话——那个挖苦的声音在奚落着：“……很明显我已经不是你妈了；我被取代了……”我想要揍苏珊娜，掐住她，把她拖到地上，一次次地把她的头砸向油毡地板。你的（砰）女儿（砰）在受罪（砰）。对她好一点。

我示意柯丽挂了电话，她用野兽似的不解的眼睛看着我。

“挂了，”我低声说，“挂了就行。”

她的手听从了我；手机安静了。

我为怂恿她打电话而抱歉。她说她之前从没挂过她妈的电话。

“真的？”

“没有。”

我们沉默地坐着。过了会儿，她给自己倒了一点水，喝了一整杯。

“再要些吗？”我起身去拿杯子，“我要不要叫护士？”

“还是之前那个吗？”

“她闻起来很奇怪，是吧？”

“她闻起来像金属。”柯丽严肃地说。

我笑了。

“真的，”她说，“那气味让我牙痛！”

这也很好笑。我抓着床栏，咯咯直笑；感觉有点歇斯底里。柯丽的笑是不讨好人的哈哈大笑；大张着嘴。我以前曾见过这样的笑容。她看着我的嘴唇；我吃吃笑完以后闭上了嘴。我们笑够了。她依然看着我的嘴；我用手捂住了嘴。她静静地挪开我的手，温柔地亲吻了我。她停下来，咽了下口水，继续吻我。我们在亲吻。我一边吻着一边想这不是那种吻。我一次次地亲吻她柔软到陌生的、丰满的嘴唇，说服自己有很多家庭轻易亲嘴，法国人，年轻人，农村人，罗马人……过了一会儿这种假设失效了；她用手掌揉搓我的后背、我的头发，她捧住我的脸。我一遍遍抚摸着她的辫子，仿佛我已经想了一千万年要抚摸它们，并且永远不会厌倦。过了很久，十或者十五分钟，亲吻慢了下来。有一连串的结束之吻，告别之吻，亲吻仿佛盒子上的盖子——盖子总是掉下来，需要重新盖上。好了，这是最后的吻了——不，这是最后的吻。这个是，真的就是了。现在我只是在和最后的吻亲亲晚安。

她关上了床边的灯。我后退一步蜷缩回小床。她摇低了机械床；房间里都是马达声。然后安静了下来。

我这辈子都没那么清醒过。这是什么意思？这是什么意思？我几年没有吻过任何人了。我从没吻过嘴唇如此柔滑的人。我喜欢吗？有点恶心。我想要更多。可能再也不会发生了。我们身处危机。这正是半夜危机时会无缘无故发生的那种事情。这是什么意思？我红着脸回想自己刚才饥渴的举动。仿佛我多么渴望如此。而这真的是距离我最远的念头。我举起食指——最远的念头！——但是陪审团神秘莫测。我们到了早晨怎么办？库贝尔可·邦迪。不知道为何很难相信他现在会死，因为他已经是这个世界的一部分。温柔这个词语不对。光滑？柔软？一个新的词语，我现在就要把它想出来——我会用哪些字母？S，当然。可能还有一个O。词语是这样组成的吗？我该如何宣布这个词？我该联系谁？

早晨她的床空了。我立刻穿上鞋，坐电梯来到NICU。铺着油毡地板的走廊无穷无尽，还有日光灯，以及亲吻的插曲也很遥远，只是昨天那么多戏剧性事件中的一个。今天是他生命的第二天，希望如此。我洗了手，套上了袍子。柯丽趴在玻璃箱上，哼唱着她的“可爱宝贝男孩”。她的辫子不见了。她没有看我，后退着把位置让给了我。

今天他喉咙里的管子看起来更粗了，仿佛他一夜缩小。高个子印度医生在我们身后出现时，他疲惫的黑眼睛正好睁开。

“早上好，”他和我们握手，“跟我来。”

他的脸色阴沉，我觉得他可能会告诉我们孩子不行了。可能他从技术上来说已经死了，只有机器还在维持生命的幻觉。柯丽露出挫败的表情。

“她能和孩子在一起吗？”我问，“他刚醒。”

我跟着医生穿过房间。我渴望一个律师，以及打电话的权利。但是被捕的人才有这样的权利，我们什么都没有。他告诉我的将是新的现实，而我们只能接受。医生把我带到一个拿着文件夹的瘦女人跟前。

“我是卡丽·斯皮瓦克。”女人向前一步说。

“卡丽是从菲洛梅娜家庭服务机构来的。”

而医生就这样转身要走。我抓住了他。

“我们难道不需要等等看——”

他低头看看口袋，我的手在里面。我把手拿出来。

“等什么？”

“看他能不能活下去？”

“哦，他会活下去的。他是个坚强的男孩。他只需要让我们知道他能使用他的肺。”

菲洛梅娜家庭服务机构的卡丽又伸出手。我抱住她，她瘦得和芦苇似的。他会活下去的。

她从我怀里挣脱，她不是那种基督徒。

“我是来找你女儿的——那边那个人是她吗？”

“不是。”

“不是吗？”

“现在不太适合。”

“当然当然。”

“是吗？”

“她在告别。”卡丽说。

“可能需要一点时间。”

“你说得对。领养有个曲线。”

“曲线？”

“开始，中间，结尾。结尾总是相同的。”

“嗯，我不知道。”

“因为她才刚刚开始。没有人一开始就知道。她正步入正轨。”

“需要多久？”

“不用太久。我会给出空间，让荷尔蒙发挥作用。”

“但是大概呢？”

“三天。三天以后她就又会变回自己。”

卡丽说她明天再来，什么都不用担心。埃米和加里在过来的路上。

“他们会到这里来？”

“她不需要见他们。这是我的名片，只是让她知道她不是一个人。”

“她不是一个人。”

“太好了。”

柯丽的额头抵着恒温箱。他的眼睛又闭上了。

“那是谁？”

“医生说他会活下去的。他说他是个坚强的孩子。”

她直起身体。“坚强的孩子？”她的下巴在颤抖。她咔嗒打开一扇圆形小门，把嘴凑近胳膊洞。“你听到了吗，可爱的男孩？”她低声说。他瘦削的斑斑点点的胳膊无力地耷拉在小小的身体上。“你很坚强。”

我环顾四周——三天也包括今天吗？还是说昨天是第一天，今天已经是第二天了？她把我们亲吻亲吻亲吻的昨晚也算进去了吗？我尴尬地皱起了脸。

一个护士匆匆走过。“让一下。”她忙得没时间说请。我望着房间另一头那对永远在互相指责的父母。他们两个人都属于这里，还有护士、医生和柯丽。没有人发现他们中间有闯入者，但是快了。我被卷入了戏剧性的处境中，错误地投入了自我。

该回家了。

他会活下去，卡丽·斯皮瓦克在这里，从昨天或者今天算起的三天以后柯丽就要离开宝宝出院。我得打扫好房间。我想象自己脱下鞋子，放在门廊的鞋架上。好笑的是直到几分钟前，我还觉得这种支离破碎的恐惧，这种过渡状态，会永远持续下去。我试着微笑，想看看是否真的好笑，哈哈。我用手捂住剧烈抽紧的喉咙。癔球症。我以为它已经永远消失了，当然没有。没有什么真正改变。

我俯在恒温箱的另外一边，他的手指如水底植物般扭动。我们以后在路上相遇我要怎么认出他呢？这海藻般的手会长成正常的男人的手。我甚至不知道他的名字，因为他还没有名字。

就差一点！我说。没有好的办法，所以让我来做骑士，刺伤自己的心。我们就差一点。下次再见！

库贝尔可·邦迪不可置信地看着我，沉默。

我在柯丽抬头前转身离开了 NICU。我坐电梯下到大厅。我走出大厅来到街上。阳光刺眼。人们大步流星地想着三明治，感觉委屈。我把车停哪里了？停车场。我找自己的车，一层又一层，一排又一排。救护车。我是坐救护车来的。我得叫辆出租车。我没有手机。手机在房间里。好吧。回去拿手机。进去再出来。我坐电梯回到了七楼。一切都和原来一样，猪脸护士还是那张脸。这个世界怀着庞大真实的忧虑，多么的好。那对互相责备的夫妇在这里——他们握着手，温柔地微笑。我是个幽灵，偷窥着我的过往的生活，而那里没有我。209 房间。柯丽任何时候都可能从 NICU 回来。我的手机，拿起来就走。

她坐在床边哭。我离开的短短时间里发生了可怕的事情。她看到我，发出含糊的生气的声音。

“我找不到你，我到处找你。”

没有发生可怕的事情。

“我只是想去打个电话。”我拍拍口袋里的手机证明给她看。我的手机实际上在我的口袋里，一直在那里。我回来是为了其他事情。

她最后的哭泣在第一个亲吻之后变成了凝固的叹息。我们毫无耐心地胡乱亲吻，仿佛急急匆匆地找不到位置；接着我们的嘴变成了指尖，盲目地抚过每个五官的凸起和凹陷。她停下来，往后靠了靠，看着我。她的嘴巴张着，眼神迟疑，怀有思虑。她审视着我的脸，像是要扯下它，看看里面有什么吸引力——或者搞明白她怎么会这样，这一切是如何发生的。

“进来。”她说着，拉开浆过的白床单。

“睡不下。”我小心地坐在她的床边。

“进来。”

我脱下鞋子，她慢慢地痛苦地挪到单人床的一边。我俩屁股的宽度加在一起刚好卡进栏杆里。

我们重新开始，这次很慢。很深。她病号服里面无拘无束的胸压住我；她的舌头有力而成熟地伸进我的嘴里，我捧住她的脸，她柔软甜蜜的皮肤。菲利普和水管工和其他所有男人都完全错过了重点。重点是亲吻。她突然僵住了，缩了缩。

“你疼吗？”

“是啊，疼。”她简短地说。她变得那么快真叫人吃惊。

“可能得再挂些水？”我看着她的盐水袋，“我要不要叫护士？”

她沙哑地笑起来。“让我换换脑子吧，”她有控制地呼出一口长长的气，“我想我对这种感觉还没有做好准备。”

“什么感觉？”我说。

“性。”

“哦。”

十一点我从地下层的餐厅买了午饭，她吃了蔬菜通心粉汤、脆饼干、鸡蛋糕、橙汁，接着她想要睡一会儿。但是她先亲吻了我的脖子，同时用一只手抚摸着我的短发。如在梦中，最不可能的那个人却对你爱不释手——电影明星，或者什么人的丈夫。这怎么可能？但是吸引力却是相互的，不可否认的；这就是理由。如同在月球上或者战场上的意外，震惊显得太过天真。209 房间散发着恶臭，孕育着的是情欲的花朵，而不是卡丽·斯皮瓦克描述的自然的氛围。她或许会说在第三天送宝宝离开之前确实会非常有性欲；可能这是曲线的一部分。明天就是第三天了。

我等她醒来，她没有醒来，我便自己去了 NICU。我穿袍子的时候，一对夫妇正在脱。他们在谈论二手车。

“你绝不能不先踢踢轮胎就买下一辆车。”他说着，卷起袍子，误扔在了回收桶里。

“也是可以的，只要做出信心一跃，并且相信上帝清楚我们能承受多少苦难。”

“我确信上帝不会希望你买一辆散架的老垃圾。”

“嗯，可是现在已经太晚了。”她说，握着自己手提包的背带。她看起来比在 ParentProfiles.com 上的照片更老，他俩都是。他们散发着犹他州家里的臭味，闻着像泛着烟味的旧地毯。这将是他的生活的味道，他的味道。

“是吗？”加里说，“太晚了——法律上来说？”他害怕了。他真的不想要他们买的那辆车。“是的。”她说。接着她递给他一个眼色，意思是说我们不要在这个女人跟前谈论这些。他们是可怕的人，甚至比最可怕还要再可怕一些。我磨蹭着，笨手笨脚地弄着袖子。我应该自我介绍吗，还是应该杀了他们？不用太暴力，只需要让他们消失。他们走的时候，埃米朝我客气地点点头。我也点了点头，看着门关上。我想起来医生只是说宝宝会活下去。没有说他会跑，或者会吃东西，或者会说话。活下去只意味着不会死，不见得包含其他任何点缀。

库贝尔可·邦迪睁大了眼睛等待着。

*你的一切都是完美的。*我告诉他。

*你回来了，*他说。我低下头，试着做出一个承诺不允许任何事情发生。

*我爱你小小的肩膀，*我说，*我永远爱你。*

柯丽睡到中午，然后我们又在一起了。她在电梯里用胳膊搂住我，直到我们来到大厅。我们的屁股以高难度的切分节奏撞在一起。我们经过那对曾互相指责的夫妇，他们毫不犹豫地点头示意。我心想他们绝对会是我“出柜”的最初人选，他们看起来很宽容。有几个护士被我们新的亲密举动默默吓坏了。可能因为她们之前以为我是柯丽的母亲。也可能因为她们现在要应付两对父母，而我们不是真正的。柯丽在恒温箱前啄了一下我的嘴唇。我们以这种沉默的方式对宝宝出柜了。

卡丽·斯皮瓦克也来过这里；菲洛梅娜家庭服务机构的名片插在写着“男婴斯滕格尔”的名牌上。我像魔术师一样用手掌盖住了它，然后塞进口袋里。

“我们不能一直叫他宝宝。”我低声说。

“好的，你有什么名字吗？”

这打动了我，她觉得我有给宝宝起名的权利。我想象自己试图解释库贝尔可·邦迪这个名字。

“应该你来起，你是他的妈妈。”

她笑起来，或者我认为那是她在笑——笑声以类似倒抽一口气的吞咽终结。我们注意到他小小的胳膊上有个奇怪的红色印迹。我挥手叫来一个染金发的护士。

“你好啊，小家伙，”她粗声粗气地说，检查他的监视器，“今天是你的大日子。”她身上一股香水味，可能是为了掩盖烟味。那个印迹：烟烫的。我气死了。但我是一个经理，知道如何处理这一切。我已经能想象在我开口之后她如何大哭。

“今天晚些时候就可以取下呼吸器了，”她继续说，“所以我们希望他是个厉害的小呼吸者。”

柯丽和我警惕地互相看了一眼。呼吸。这是我们希望他可以做到的事情列表中的第一项。

“你会参与取下呼吸器吗？”我紧张地问。千万不要。

“是啊。我们会给他用 CPAP——持续供氧——看他适应得怎么样。”她眨眨眼睛。不是一个善意的眼色，这个眼色是说，其他所有护士和掌心机构的员工都跟我谈论过你们，现在——眨眨眼——我们报仇了。我看着她的名牌。**卡拉**。来不及为卡拉买一张礼物卡，或者一个忍者五人份奶昔机。可能可以买一些糖或者一杯咖啡。

她看了看他胳膊上的印迹，发出啧啧的声音。

“有时候他们把静脉注射管抽出来的时候会留下印子。但如果是我来做”——她又眨了眨眼——“就不会有印子。”

眨眼是一种痉挛。不是冷酷或者阴谋，她就是习惯如此。很显然在新生儿重症监护室里不能抽烟。我看着她整理他周围的线，不让它们戳到他。她的手指飞快，仿佛之前已经做过九百次。

柯丽问几点取下呼吸器。

“计划四点。你们之后可以来看他——他会昏睡，但是感觉会舒服很多。”

“谢谢你，卡拉，”我说，“我们感激你所做的一切。”这样不够，听起来又假又傻。

“没什么。”护士整张脸都绽放出笑容，她不觉得这有什么傻的。

“真的，”我热烈地重复，“我们真的感激你所做的一切。”

四点半我们从楼下打电话到 NICU。

“比预计时间要稍微长一点，”接待员说，“医生还和他在一起。结束之后我们会打电话给你们。”

“是那位高个子印度医生吗？”

“是啊，库尔卡尼医生。”

“他很厉害，是吧？”

“他是最棒的。”

我挂了电话。

“他和高个子印度医生在一起，他们说他是最棒的。”

“库尔卡尼医生？”

我一边让柯丽复述了所有护士和医生的名字，一边写下来。矮个子、结实的男护士是弗朗西斯科，戴眼镜露牙的亚洲护士是凯西，塔米是那个猪脸。

“你怎么都知道？”

“他们有名牌。”

房间暗了下来，我们没有开灯。我们要等到有好消息时才开灯，如果等不到，我们就像这样永远待在黑暗中。

又过了十五分钟。然后又过了五分钟。我从小床上站起来，打开日光灯。

“我们给他起名字吧。”我说。

柯丽在光亮里眨着眼睛。

“你有没有想过什么名字？”

她举起一根手指，喝了一口水。她忘记想名字了。她此刻正在编。这正是我过去嫌恶她的地方。

“我有两个名字，”她清了清喉咙说，“第一个可能现在看起来不太合适，但是我觉得以后会合适的。”我为自己的嫌恶感觉羞愧。那羞愧感觉像是爱。

“好吧。”

“我要说了。”她犹豫地说。

“说吧。”

“小胖子。”

我面无表情地等着，想知道这是否真的是一个名字。

“因为”——她的眼睛突然噙满泪水，她的声音破碎了——“有一天他会很胖。”

我搂住她。“这真的是个好名字。小胖子。”

“小胖子。”她抽抽搭搭地低声说。

“我不认为我认识任何叫这个名字的人，”我揉着她的背，“另外一个名字呢？”我若无其事地问，知道不管那个名字是什么，都将是他的名字。

她深深吸了一口气，呼出来时说：“杰克。”

五点半他们打来电话说呼吸器已经取走了，他用 CPAP 呼吸得很好。我们立刻上楼去。

他的嘴里没有了大管子，看起来完全不一样了。他是个宝宝，一个鼻子里插着塑料小叉的可爱小宝宝。

“你好啊，杰克。”柯丽低声说。

现在杰克是你的名字了，我解释，但是库贝尔可·邦迪永远是你灵魂的名字。我呼了口气，强迫自己补充：你还会有第三个名字，埃米和加里为你起的名字。可能是特拉维斯，可能是布雷登。我们还不知道。

我们站在恒温箱的两边，每个人都伸进去一只手。他右手抓住柯丽的手指，左手抓住我的。他以为两根手指都来自同一个人，这个人有一只苍老的手，一只年轻的手。我们这样站了二十五或者三十分钟。我背痛，手指发麻。柯丽和我不时越过塑料箱子看彼此一眼，我的肚子就会往后一抽。医院的牧师走进来，开始为宝宝们祈祷。我环顾四周想知道这是否合法。教会和世俗不是应该分离吗？没人在乎。最后他停在杰克跟前，我还没有来得及摇头说不，柯丽就点头了。他的祈祷词覆盖了我们三个人；我的脸庞刺痛，头脑发晕。我感觉神圣，几乎像是结婚。

我们手挽手回到 209 房间时，我意识到在我们前面咔嗒咔嗒走在走廊里的人是卡丽·斯皮瓦克。我偷偷放慢脚步，等待她左转或者右转。但是她当然没有，因为她正要去我们的房间。今天是第三天。前面是一个灭火器和一扇窗户。我选择了窗户。讲话太危险，于是我只是打打手势，对着窗外做了个夸张的动作。柯丽俯视着停车场。那对曾互相指责的夫妇缓步朝我们走来，带着困惑的笑容停下来看我们在看什么。我们四个人都看着窗外。一个中年男人正在帮助一个上了年纪的女人从轮椅里出来，坐进一辆旅行汽车的前座。

“有一天我们也会这样，”那对曾互相指责的夫妇中的妻子说，“我和杰杰。”她的丈夫捏捏她的肩膀。我猜想杰杰是他们宝宝的名字。

上了年纪的女人的腿根本不听使唤，所以她的儿子用缓慢笨拙的动作把她从轮椅里抬到前座。母亲的手抱住他的脖子，死命抓紧。埃米和加里中的埃米有一天也会这样抱住杰克的脖子。现在他还太小，但是有一天他会成为一个结实的中年男人，甚至可能肌肉发达，身材魁梧。他抱起母亲的动作会比这个男人轻盈得多，说，走吧，妈，让我抱着你，我们出发。我被嫉妒吞噬；不得不移开视线。

我们靠近的时候，卡丽·斯皮瓦克打起精神，调整好微笑，像主人一样打开我们的门。柯丽直接走了进去，以为她只是某个来检查血压的护士。

“我想你不介意让我们单独待一会儿。”卡丽·斯皮瓦克对我说。她已经知道我不是外婆。或者任何人。柯丽在她身后朝我茫然地耸耸肩，轻轻一笑。如同泰坦尼克离开码头时候，上面的乘客向岸边的爱人露出的一丝笑容。一路顺风，姬蒂。一路顺风，埃斯特尔！

我轻飘飘地从走廊回到电梯。

“下去？”一对年轻的拉丁裔夫妇抱着一个新生儿。蓝色的气球飘浮在轮椅把手上。

“好的，我下去。”

那对夫妇在发抖；这是他们生命中最不可思议的时刻。他们要把他们的宝宝带入这个世界，真实的世界。这个宝宝有很多湿漉漉的黑头发，比杰克胖。门打开的时候，年轻的父亲回头看了我一眼，我朝他点点头，意思是说，是啊，你们的生活要开始了，去吧。他们走了。

我在大厅里走来走去。我翻看手机里的号码；没有谁可以打电话。我机械地删除了所有保存着的信息，除了去年我留给自己那一条。十个最大声的**不**仿佛哀嚎，一个悲恸的女人在街上吼叫，**不不不不不不不不不不**。

餐厅里除了收银员一个人都没有。我要了一点热水；送来的时候还有一片柠檬和一张纸巾。我慢慢地小口喝，每次都烫到嘴。三面墙是白色的，第四面刷了粉色和橘色。得花些工夫才能发现那是一幅展现类似托斯卡纳或者罗得西亚这样地方的落日的壁画。我刚刚经过的门在沙滩的部分；太阳的左边有一只空的纸巾盒，开着口像松弛的下巴似的目瞪口呆。我完全不知道楼上发生了什么。无法想象。墙的底部画着栏杆，假装观看的人在别墅或者是宫殿的阳台上。咸咸的空气充满我的鼻子，巨大的浪撞击在底下的石头上，一个接着一个接着一个。我哭啊哭。海鸥在天花板哀号。远远地有个身影从沙滩走来。他或者她穿着流动的白色长袍。金色的头发，温暖的地中海微笑。她招手，我用手背擦擦眼泪。她坐在我身边的椅子上。

“我先在大厅里找了找。”她说。

“我在那里待了一会儿。”我用纸巾擤了擤鼻涕。

她环顾四周。“没有什么人嘛。”

“嗯。”

她挤了挤我的柠檬片，舔舔手指。

“我没有意识到那个地方那么宗教狂。”

“什么地方？”

“那个什么菲洛梅娜机构。如果埃米和加里没有要他，他就得去其他恶心的基督教家庭。”

壁画发生了奇怪的变化。太阳开始非常缓慢地升起。

“但是那个女人还不错——她没有强行推销之类的。我只是说我现在的情况有变化。”她拉起我的手。

太阳可能一直在升起；可能这是一幅日出的壁画，而不是日落。哦，我的男孩，我可爱的库贝尔可·邦迪。

“我没有理解错，是吧？”柯丽坐直身体说，“我们之间的事情？”

“没有，你是对的。”我低声说。

“我觉得也是，”她坐回到椅子里，把腿伸成一个大大的V形，

“但是交流——你知道，我相信交流。”

我说我也是，她说她觉得杰克是个特别酷的宝宝，她并没有计划要成为一个母亲，但如果孩子不是一个混蛋，这好像也不太难，她百分百肯定杰克不是一个混蛋。“另外，”她补充，“我觉得你要有心理准备。”

我说我有心理准备。脑海中立刻浮现出八个或者九个问题，类似于她和我的关系，我和那个男孩的关系，但是我不想说太多怕她反悔。她把拇指深深地揉进我的手心说：“我得给你起个昵称。”

“要不叫谢尔？”我提议。

“谢尔？听起来像个老男人的名字。不好。让我想想。”

她一边想一边用手指关节敲着脑袋，然后她说：“有了。宝。”

“宝？”

“宝。”

“是指幽灵吗？[1]”

“不是的，就是宝。你是我的宝。”

“好吧。有意思。宝。”

“宝。”

“宝。”

1　原文为 boo，是想要吓唬别人时的拟声词，但在流行语中也有男女朋友之意。

第十一章

护士一听说柯丽要留下男婴斯腾格尔，便给了她一个吸奶器，告诉她每两个小时吸一次。

“就算什么都吸不出来，也继续吸。”凯西说。卡拉点头同意。“不要看瓶子，放松，它会出来的。每一滴都给我们，他不插管子的时候我们会喂给他。”

柯丽紧张地轻笑，拿着吸奶器保持一臂的距离。“我不知道。嗯，不要。我觉得不要。”她还给了凯西，“这不是我的风格。”

那天晚上一个名叫玛丽的水桶胸的上了年纪的女人推着一个泵来到我们房间。“我是这所医院和西达斯西奈医院的哺乳顾问。我能从苍蝇身上吸出奶来。”我解释说柯丽不想哺乳；玛丽用一通简短的话反驳说母乳可以如何降低婴儿糖尿病、癌症、肺部问题和过敏的危险。柯丽红着脸，低头解开衬衫。她的乳房长长的，粉红色。我之前从没见过。玛丽动作利落地把不同的圆锥放在她的乳头上。

“有我在，尺寸肯定合适。你要用大号。”

柯丽垂下的头一动不动，她的脸都被头发盖住了。

玛丽把瓶子接到圆锥体上，打开古老的机器。咻啪，咻啪，咻啪。柯丽的乳头有节奏地一收一缩。

“和母牛一样。去过农场吗？和母牛一样。你握住这个。”柯丽握住自己胸口的杯子。

“有东西出来吗？”玛丽看看瓶子，“没有。嗯，坚持住。每两个小时做十分钟。”

玛丽一走开我就关上了机器。

“太可怕了。真抱歉。”

柯丽看都没看就又打开了机器。

咻啪，咻啪。每吸一次，她的乳头就奇怪地拉长。

“你能给我一点空间吗？”她说。

我立刻走到房间的另外一边。

“我不喜欢别人看着我的胸。我没法集中精神。”

“对不起，”我说，“我希望我能替你做。”

咻啪，咻啪。

“为什么？”

“我觉得我不会介意。”

咻啪。

“你觉得我不能哺乳？”

“不，我不是这个意思。”

“你觉得母牛可以，我却不可以？”

咻啪，咻啪。

“不是，你当然可以！母牛也可以！你们都可以。”

那天晚上什么都没有挤出来。她把手机上的闹钟调到了凌晨两点，凌晨四点，和凌晨六点。没有。八点玛丽过来检查。

“有吗？没有？继续。想想你的宝宝。宝宝叫什么名字？”

“杰克。”

“想想杰克。”

柯丽把自己和机器绑在一起。没有奶她就不去NICU，于是我自己去了，告诉杰克他妈妈有多努力想为他做一顿美味佳肴。我回去的时候她正在挤。瓶子空空的。

“我告诉他妈妈有多努力。”

“你对他叫我妈妈？”

“妈咪？母亲？你希望怎么叫你？”

咻啪，咻啪。她的眼神充满沮丧。

“该死的。”她用拳头砸泵，一个杯子和一把叉子掉下桌子，发出巨响。

咻啪，咻啪，咻啪。

黎明时分她在抚摸我的耳朵。我梦见机器开着，但是没有，一片寂静。黎明时分，她在抚摸我的耳朵。用手指摸索它们完美的轮廓。第一缕阳光正照进小小的房间。我对她微笑。她也笑了，指了指床头柜。奶。两瓶，每瓶里面都有八英寸高的黄色的奶。

柯丽第二天早晨就出院了。但是杰克当然没有。库尔卡尼医生说要等到他能够喝掉两盎司奶并且消化良好以后才能出院。

“我估计要两个星期，”他说，“或多或少。他需要向我们证明他能自己喝奶、吮吸和吞咽。”

他正要离开。柯丽换好了出门的衣服拿着手提包等着。我抓住他的袖子。

“怎么了？”医生说。我犹豫了；我花了些时间才把问题的方方面面集中起来。我在想我的生活，我拥有一个儿子和一个漂亮的年轻女友的生活是否能够在医院外存活。还是说医院才是它的容器？我是否像一罐以为自己是小熊的蜂蜜，却没有意识到熊只是瓶子的外形。

“我知道你在想什么。”库尔卡尼医生说。

“真的吗？”

他点点头。“现在说什么都还太早，但是他恢复得非常好。”

我们告诉杰克我们早上会回来，然后我们走了，又再次回来是因为我没有说我爱你——我爱你，我亲爱的小土豆——我们又走了，摇晃着走出前门，走进阳光。我们在出租车后座里拉着手。我的街道还是老样子。隔着两户人家的邻居在她的垃圾桶之间打转，看着我们蹒跚地走到门口。柯丽开始脱鞋。

“你不用脱。”

“不，我想脱。”

“现在这不仅是我的家，也是你的了。”

“我已经习惯了。”

一切都还保持着我们离开时的样子。卧室里到处是干掉的血迹。蜗牛聚集在厨房天花板上。毛巾随处乱放。里克装热水的碗摆在梳妆台上，凉了。在柯丽吸奶的时候，我飞快地打扫了房间，把她的睡袋从沙发上收走，塞进衣帽间。

她在爬上我的床之前第一次为她的脚臭而喃喃抱歉。

“色疗没用。”

“对我也没用。”

“你知道布鲁瓦亚尔医生的妻子是著名的荷兰画家黑尔格·托马松吗？”

“他告诉你的？”

“不是，是候诊室里的人。”

“接待员？”

“不是，是另外一个病人。”

我们钻在被子底下，牵着手。对家庭主妇不忠还能理解，他可能只是为了激发智性——但是不迎接黑尔格·托马森的挑战真是布鲁瓦亚尔医生的耻辱。我从来没有听说过她，但是她显然是个不好对付的女人。柯丽把她的手在我的肚子上放了一会儿，又拿开了。

“宾瓦利医生说我八个星期以后就能做爱了。”

我微笑着像某个紧张的阿姨。从第一天起这个话题便没有被提起。有些女人只是亲吻、抚摸，就这样了。我心想她过去的好斗会不会回来。可能会像是角色扮演。我们可以从“公园长凳”开始——她抓住我的胸。但是我没有挣脱，听任她强奸我。我们需要去买一个橡胶阴茎吗？我在日落大道商业区的一家宠物店旁边见过卖这种东西的店。

“肌肉，”她说，“它们不会收缩。”

高潮。这是她在八个星期里无法获得的。

“但是我可以，你知道，为你，如果你想的话。”

“不，不，”我飞快地说，“我们等等，等到我们都可以的时候。”我喜欢这样省略动词的说话方式。可能我们永远也不会说出来。

“好的，很好，”她捏捏我的手，“我希望我能等得了那么久。”她补充。

“我也是。很艰难。”

我惊醒过来，仿佛飞机上的乘客——有一瞬间我感觉自己在很高的地方，害怕掉落。凌晨三点。我们把他留在了那里。小小的他。他独自待在 NICU，躺在他的塑料盒子里。哦，库贝尔可。一声哀嚎在我心中凝结；这种疼痛毫无人性。也可能这是我第一次感觉到人情味。我要不要立刻穿上衣服开车去医院？我等着看自己会不会。我看着她黄色的头发披散在我平常夹在两腿间的枕头上。这些都不会持久。只是一个荒谬的梦。我把自己推醒。

收音机和太阳都很刺耳。“你喜欢什么样的音乐？”柯丽转动着嘶啦响的调频。我揉揉眼睛。我向来只把闹钟收音机当作闹钟用。

“我打赌你喜欢这个。”她停在一个乡村音乐电台，看着我。“不喜欢？”她继续转动，看着我的脸。转过各种叮当乱响、扰人心烦的音乐。

“这个吧。”

“这个？”

“我喜欢古典乐。”

她开响音量，躺回来，用胳膊抱住我。我没有最喜欢的音乐。最后我将不得不告诉她。

“这可以是我们的主题曲。”她低声说。她等不及想开始拥有一个女朋友。

我们听到最后才知道名字；歌长得无法忍受。终于出现了一个傲慢的英国男人的声音。歌曲出自七世纪的格里高利圣咏，名叫“*Deum verum*”。

“这不一定非得是我们的歌。”

“已经是了。”

我们每天早上和晚上去看杰克。每次我们穿着袍子洗干净手走进 NICU 的时候，我都很害怕坏消息，但是他一天天地强壮起来。柯丽觉得我们已经脱离了危险，似乎确实如此；所有护士都说他是他们见过的最坚强的白人宝宝。我们把熨衣房变成了婴儿房，买了连体衣、尿布、擦巾、摇篮、尿布台、尿布垫、尿布垫罩子、叫做“睡宝”的睡垫、急救包、鲸鱼形状的浴盆、婴儿香波、婴儿浴巾、毛巾、襁褓、围兜、婴儿玩具、布书、婴儿监视器、尿布包、尿布桶，和一个昂贵的自带手提箱的吸奶泵。距离可以给杰克喂奶还有起码一个星期，但他现在灵巧地通过饲管喝她的奶。

“它有一个真正强劲的马达，”柯丽赞赏地说，“和电动工具以及专业烘焙师用来做面团的搅拌机的马达一样。一样精密的马达。”她斜挎着箱子的背带，如同挎着一只自行车邮差包。

一起逛商店是一种新的乐趣，还有一起坐车，一起吃饭，一起从车里走到餐馆。每次场景转换，我们都面目一新。我们手挽手，昂着下巴，逛格兰代尔商场。我喜欢看男人朝她抛媚眼，看他们在她握住我手的时候脸色大变。我！一个年纪大到不够格的女人，事实上我即便在她那么年轻的时候也从未够格过。任何质疑从一个只有自己一半年纪并且也不太聪明的女朋友那里可以获得什么满足感的人，肯定从没有过这样的女朋友。从头到尾都太爽了。如同始终穿着好看的衣服，同时吃着美味的食物。菲利普知道——他知道而且他试图告诉我，但是我没有听。我不禁想他有没有听说我和柯丽的事情。

她不只是年轻，她还彬彬有礼：挡门，拎包——不付钱，因为她没有钱，但是她会告诉我穿什么好看。她带我走进一家内衣店买“门帘”，她是这样说的。她挑的东西都是带荷叶边的少女款式，完全不适合我的年纪，我的身材。铁丝似的黑白相间的阴毛从亮粉色的内裤里扎出来，但是她根本不看——她只是叫我穿出商店。

“你穿上门帘了吗？”

“是啊。”

她搂住我的肩膀。

当猪脸护士塔米问我们有没有开始肌肤接触时我俩都脸红了。我们从未赤裸相见。

“肌肤接触能帮助调节宝宝的心率和呼吸，当然对母婴交流也很好。”

“没有，”我听明白了，低声说，“我们还没有抱过他。”

“谁想先来？”

“谢丽尔，”柯丽飞快地说，“因为我真的得去次洗手间。”

塔米看看我。她一直以为我是柯丽的母亲，直到看见我们在电梯旁亲吻。我脱下衬衫和胸罩，放在椅背上。塔米松开杰克的线和管子，小心地把他抱出箱子。他做着鬼脸，像毛毛虫一样乱扭。她把他放在我的胸口，调整他的四肢，这样他和我的皮肤尽可能地触碰在一起，她给我们盖上了一条薄薄的粉色棉毯。然后她离开了。

我回头看看。柯丽在洗手间里。杰克小小的胸口起起伏伏，他的机器都静悄悄的。他抽着鼻子，大大的黑眼睛往上看。

你好。他说。

你好。我说。

自从我九岁开始，我们就在等待这一刻。我往后靠，想一只手抱着他的腿和屁股放松下来。我感觉自己像一尊圣洁的雕像。我们在一起了，我们真的在一起了。很难停留在此刻，这一刻像太阳黑子一样四处跳跃。杰杰在房间另一头以同样的姿势在他妈妈的怀里盖着同样的毯子。我们对彼此微笑。

“他叫什么？”她低声说。

“杰克。”我低声说。

“真的吗？”

“是啊。”

“他也叫这个，”她指着杰杰。

“你开玩笑。”

“没有。”

“真巧啊。”

“不要动。”是柯丽；她用手机拍了一张照片，然后亲吻了我的耳朵。

“你猜那个宝宝叫什么名字？”我说。

“杰克，我知道，”她说，“我是从他们那里学来的。”

“你用他们宝宝的名字来命名我们的宝宝？”

柯丽看起来很生气。“我们又不认识他们——我们再也不会见到他们。我觉得这是个好名字。”

另外一个杰克的妈妈看起来既高兴又不快。柯丽不屈不挠地拍打着我们的杰克，正好拍在他的囟门上。这一切对她来说是真实的吗？还是她觉得只是暂时的？或者这就是爱的真谛：不去想。

第十二章

她现在表现得更像一个客人了，叠好自己的衣服，仔细地堆在我的梳妆台上，又不小心撞翻我所有的乳液和首饰。回来的最初几天，我们试过在厨房的吧台上吃饭和聊天，但是我能看得出来她不喜欢这样，于是我和她一起坐在沙发上边吃晚饭边看电视。我甚至有时候吃微波食品；它们吃起来都有股红糖味，即便是那些很咸的。我清洗她的吸奶器部件，帮她在瓶子上贴好时间标签；她给我们俩拍照片，然后用一个叫 Heartify 的软件美化。我们是玩结婚游戏的小孩——就连并排站在一起刷牙都很兴奋，假装我们习惯如此。她可能觉得我以前就这样做过，因为我有种迟来的同居天分——主意不断。第一个星期我买了一块黑板，挂在电话上面的日历旁边。

“写电话留言用。粉笔在碟子里。除了白色还有各种颜色。”

“所有人都打我的手机，”她说，“但是我可以替你写。要是你想让我接电话的话。通常我会让它转到语音信箱。”

“你可以在黑板上随便写什么。可以是鼓励的格言，比如每个星期天我们都可以为下星期写上一句格言。”我用蓝色粉笔写下**不要放弃**，然后又擦掉了。“这只是一个例子，我们每个星期可以轮换。”“我不太知道什么格言。”“记号也行——你想要记下任何事情，都可以写在这里。”

她看了我一会儿，拿起紫色的粉笔，在黑板的左上方做了一个小小的记号。

“没错。”我说着把粉笔放回了碟子里。

“你想知道这是什么意思吗？”

“什么意思？”

“每次我想*我爱你*的时候。”

我摆齐了所有粉笔，排成一排，然后我才抬起头。她没有微笑，没有，她是认真和激动的。看得出来这是她已经计划了很久想对一个女人说的话。

“看到它画在角落里的样子了吗？”她的嘴唇贴着我的耳朵，“我为将来留了很多地方。”

塔米说是时候试着哺乳了。“四点他进食的时候过来。第一个孩子是吧？值班护士会教你窍门的。”

我看看柯丽，她正斜视着天花板。

四点那里有一个新来的年轻短发护士，休。她看了看记事板。

“看样子这位母亲”——她的眼睛在我们之间打转——“将要第一次哺乳。”

“事实上不是这样，”柯丽坚定地说，“我决定还是用泵。”

“哦。”休说。她环顾四周希望有其他护士可以帮忙。

“林是你的夫姓吗？”柯丽问，调皮地皱眉碰了碰护士的名牌。

休·林对着记事板笑笑，调整着上面的笔，直到笔掉到地上。

“不是，我是说，我没有——你用奶瓶应该也可以。”

我看着柯丽摇摇摆摆地走到恒温箱旁边。

“哺乳不是很重要吗？”我说，“为了更好的交流？”

她脸红了。“是啊，当然。下次她应该哺乳。”

但是她没有，她每次都回避。我学着像握笔一样握住小小的奶瓶，挑逗他的嘴唇直到它们张开，把奶嘴朝向他的上颚。

这是柯丽的奶，不是我的。

说清楚来源很重要。他盯着我吮吸吞咽。

柯丽为新生儿公告选择的照片是她用手机拍的我和他。我在手提电脑上设计的时候她揉着我的肩膀。

“可以写得更有趣些吗？”她说。

“你是说换一种字体？”

“可能吧。”

我开玩笑地把所有的字都换成了胖乎乎的卡通字体。

“这样看起来很好，”她说。她是对的。卡通字母包含着对生命的爱，我们要庆祝的不正是这个吗？

杰克·斯腾格尔－格利克曼

出生于 2013 年 3 月 23 日

5 磅 6 盎司

我们把它发送给了柯丽所有的朋友、她的父母、吉姆和所有其他掌心机构的雇员、我们双方的亲戚，我们能想到的其他所有人，除了里克，我们没有他的联系方式。里克可能一直觉得我和柯丽是同性恋。对其他每个人来说这都是一个震惊的消息，但是他们都回复了同样的妥当的词语：祝贺。有些人则根本没有回复，比如苏珊娜和卡尔。柯丽睡着的时候，我偷偷给菲利普写了一封邮件，附上了公告。他现在肯定已经听说了我非常年轻的女朋友。我盯着屏幕上他的名字。当然，先有一个年轻人，然后又有一个更年轻的。十六岁太年轻了。年轻得难以置信。我拿起电话翻找，直到找到那张穿着拉斯特法里派鳄鱼图案 T 恤的女孩照片。她是谁？因为她不是柯尔斯滕。突然很明显，柯尔斯滕并不存在。没有一个十六岁的女孩渴望一个接近七十岁的男人。我静静地倒抽一口气，微笑起来。短信是一个游戏！两个成年人之间的小游戏。 他真是下流的情种。我删除了新生儿公告，又按了 command-V 重新粘贴。怎么办？写什么？还是最好打电话？或者短信？或者见面？

我低头看着自己的双手，它们彼此相握像两个轻佻的伴娘。

我在想什么?

我删除了邮件，合上电脑，关了灯。柯丽像坠落的人似的摊在床上。我蜷缩在她身边。

临近周末时我们顺路去了掌心机构。柯丽传递了她的手机，仲子和萨拉还有亚矢对着杰克的照片啧啧不已，并且说她看起来瘦极了。我耽误了很多工作。吉姆说不要担心。我有六个月产假加上病假——但是他不敢看我的眼睛。

“想不想看新的 Kick It 的横幅？”他在地上摊开横幅，我叫来柯丽。

“你觉得怎么样，亲爱的？”

“我完全不懂这些东西，宝。”她揉着我的后腰。我偷偷环顾四周看大家的反应。米歇尔脸红了。吉姆盯着地板。其他人都在工作。

“但这样才是最棒的，你有新鲜的视角。”

吉姆把我拉到旁边。

“我对这些没有意见，我为你高兴。”

“谢谢你。”

“但我不是这里说了算的。”

“你在说什么？”

“卡尔和苏珊娜在这里——他们和克里斯托弗在仓库。”

“他们现在在仓库？”

“他们在等你离开。”

我出门沿着街区往仓库走。他们正从大窗户向外看，但是我一靠近就走开了。我让克里斯托弗休息十分钟。

“其实，克里斯托弗，你可以待着，”苏珊娜说，“就待在那里。”克里斯托弗在我们中间僵住了，一只脚迈了一半。

我拿起我的手机。“你们的外孙很漂亮。你们想不想看看？”

“你知道什么叫 *persona non grata* 吗？”卡尔说。

“知道。”

“是拉丁文的不好的人[1]。”

克里斯托弗要说点什么，又停住了。他可能懂拉丁文。

“为了柯丽着想，我们不会解雇你，但你是一个 *persona non grata*。而且你不再是董事会的人了。”

克里斯托弗看着我，等待我的反应。我拿开电话。不难从他们的角度来理解现在的情况，他们信任过我，但是看看发生了什么。

“是她决定要留下杰克的。”我说。

克里斯托弗看着苏珊娜和卡尔。

“不是因为宝宝。是因为你和我们女儿不恰当的关系。”

克里斯托弗又转头看我。

---

1 实际上是“不受欢迎的人”的意思。

杰克。你们的外孙叫杰克。

“你们不知道我们的关系。”

“我们很清楚。”

“我们没有性关系。”

“好吧。”

克里斯托弗仿佛也不相信。

“她的医生说她八个星期内都不能有性生活。”

“从什么时候起八个星期？”克里斯托弗问。

“从孩子出生开始。”

苏珊娜和卡尔松了口气。

“那是五月十八日，”我继续说，“你们可能需要在日历上记一笔。我们将在那天性交。”我意识到这可能是个不合适的词语，但是我继续编造。“然后接下来的每一天都会。一天很多次，用所有姿势，在所有地方，甚至可能在这里。”

克里斯托弗发出兴奋的瑞典式欢呼，又自己闭嘴。太晚了。苏珊娜当场解雇了他——她的脸因为那些没有扼死在萌芽的事情而遗憾到发抖。

我们有了真正的生活节律。我们睡觉，去看望杰克两个小时，办事，出去午餐，回家睡午觉，再去看望杰克一个小时，八点回家，看电视到十二点或者一点，上床。我们睡很多，因为我们有了一个完美的姿势——柯丽从后面抱住我，我们的身体像 Ss 一样扣在一起。

“不是很多人能够这样的。”我说着捏捏她的胳膊。

“每个人都可以。”

“但不像我们配合得那么完美。”

“任何两个人都可以。”

有时候我看着她沉睡的脸庞，那上面活生生的血肉，就被爱上一个活物的不安感所淹没。她可能仅仅因为缺水而死去。还不如爱上一棵植物安全。

两个星期以后，我们感觉自己向来如此生活。我们依然频繁亲吻，通常是一连串轻吻。是我们之前深吻的缩写。某种意义上来说其实更亲密，因为只有我们知道这代表了什么。

“我们不应该催他们让我们带他回家。”柯丽说，一个轻吻。

“不，当然不。”回一个轻吻。又一个轻吻，第三个。她往后缩了缩脑袋。

“你今天早晨有点着急。”

“我？我说了什么？”

“你说‘我们等不了了。’但是我们可以等。如果对他有好处的话，我们可以永远等下去。”

“好吧，不是*永远*。他不可能在 NICU 里变成一个老头。”

“如果对他好就可以。等他们说他可以走的时候，我们就说‘你们是不是百分之一百二十确定？’”

但情况不是这样的；没有对话。杰克做了一个核磁共振，结果正常。第二天他喝了两盎司奶，便便健康，被宣布可以出院。有表格要填，他打了疫苗。库尔卡尼医生签了出院证以后，说男婴斯腾格尔完全康复了——“尽管宝宝很省心，不出一年你们会了解更多。”

柯丽和我互相看了一眼。

“但是他已经完全康复了。”我说，保持着声音平稳。

“是的，但是任何孩子都一样，你不知道他能不能跑，直到他开始跑。”

“好。我明白了。除了跑呢？我们以后要不要注意点什么？”

“哦，以后，我明白了，”医生的脸沉了下来，“你是在想你们的儿子以后会不会得癌症？或者被车撞？躁郁症？自闭症？毒品问题？我不知道，我不是巫师。欢迎来到父母的世界。”他转身走开了。

柯丽和我目瞪口呆地站着。卡拉和塔米会意地看着彼此。

“不用担心，”塔米说，“如果出什么问题你们会知道的。母亲都知道。”

“只要确保他达标，”卡拉说，“微笑是第一个。你们看到微笑的时间是，”——她掰着手指数——“七月四日。不是那种不自觉的微笑，是真正的。”她张开嘴，愚蠢天真地咧嘴一笑，又收了回去。塔米递给我和柯丽人手一个下巴会动的娃娃，带我们进了一间有电视的房间。我们拿着娃娃，困惑地坐下来。

“婴儿心肺复苏，”护士轻声说，按了遥控器上的开始键，“结束了就出来。”她踮脚走开，轻轻关上身后的门。

我们并排坐在一起，看着一个母亲发现自己的宝宝不呼吸了。“玛丽亚？”她晃着宝宝，“**玛丽亚！**”她露出恐惧的表情。她拨了911，然后，因为她不会婴儿心肺复苏，她干等着，哀号，而她的宝宝死在了她跟前。

我们绝望地朝我们的娃娃嘴里呼气，按压它们胸口上肮脏的磨损的地方。我们以前从未如此热情地角色扮演。我转头看着柯丽，心想她是否想起我们很久以前一起看的教学录像。这从某个角度来说也是自卫。现在可怜的玛丽亚被葡萄呛到了。

“我不知道我能不能做到。”柯丽推开她的娃娃。

“你可以的，”我安慰她，“就快结束了。”但是她目不转睛地看着我，怀着无法言说的特殊的含义。母爱。她不知道自己是否做得到。我扭过头，按压我的娃娃的背，一次，两次，三次，接着我把耳朵贴近他的嘴巴，等待一声呼吸。

第十三章

家里没有机器。如果杰克的血压、心率和吸氧量增高或者降低，无法获知。他不分昼夜每隔一个小时进食；柯丽几乎无时无刻不在挤奶，我总是在热奶、清洗，或者拿着奶瓶。她搬回到了沙发，杰克睡在床上的睡垫里和我在一起。每隔几秒，我就得把手放在他身上安抚他，但是我不能就这样睡着，因为我手掌的全部重量会压垮他。我悬着手掌躺几个小时。这会带来严重的肩膀和颈椎问题，平常我最担心这个。现在我却忽视了。他犯疝气——每次吃完一瓶奶他都要痛苦地闹腾几个小时。“做点什么，做点什么。”柯丽嚷嚷。他的肠子不蠕动。我按摩他的胃，转动他的腿。很明显他有什么地方非常不对劲；七月四日之前微笑看起来不太可能，因为他充其量不过是一堆内脏。他的脸上布满抓痕，但是我俩都不敢帮他剪指甲。我的肩膀更糟了。第一个星期以后，我把杰克的睡垫放到地上，躺在他旁边。我没有给他洗澡，因为我太害怕他会从我手里滑出去，或者他的肚脐会张开。有一天我凌晨三点醒来，感觉他正像一具鸡的尸体般腐烂。我在把他放进水池的时候才意识到，这个时间洗宝宝真是太疯狂了，我开始哭，因为他那么相信我——我做任何事情他都会配合，这个小傻瓜。

柯丽只负责挤奶。有时候她一边挤一边睡。大部分时候她在看无声电视。如果我找不到她，她便是在外面，坐在街沿。我抱怨她不帮忙的时候，她就说："你想给他吃奶粉吗？"仿佛她真的想帮忙却无能为力。她是最不可能的帮手——很明显，但是我又能做什么？没有时间去管这些，杰克还是没有肠道蠕动。已经十二天了。所有餐具都是脏的，柯丽试图一次性在浴缸里洗——她说她以前这样干过。下水道立刻堵住了，胖胖的管道工又来了，同一个；杰克看了他一眼，肠道剧烈蠕动，轰炸了尿布；黄色奶酪似的屎到处都是。我宽慰地哭，亲吻他，擦拭他瘦瘦的屁股。柯丽说抱歉，我说，不，我很抱歉，那天晚上我睡回到床上，心想我怎么会觉得睡在地板上有用呢。柯丽依然睡在沙发上。很好，距离宾瓦利医生定下的日期还有四个星期。

除了拉屎进食和睡觉，他打嗝，发出翼龙般的痛苦的叫声，打哈欠，并且试探地把笨拙的舌头伸出O形小嘴。柯丽问他是不是和猫一样在黑暗中也看得见，我说是的。之后我发现自己错了，但是是凌晨五点，她在睡觉。第二天我忘记了。我每天都忘记告诉她他没法像猫一样在黑暗中看见，每天晚上我都想起来，感觉越来越紧迫。如果这样持续了几年我一直没有告诉她呢？我的身体太累了，它常常在我旁边或者上方飘浮，我得像牵风筝一样牵住它。终于有一天晚上我在一张纸上写下“他在黑暗中看不见”，然后放在她沉睡的面孔旁边。

“这是什么？”柯丽第二天拿着纸问我。

“哦，谢天谢地，是的，杰克没法像猫一样在黑暗中看见。”

“我知道。”

我突然不确定这是怎么开始的了。可能她从没问过。我怀着对自己头脑的灰暗想法不再提起这个话题。接下来的晚上我严重怀疑这个宝宝根本不是库贝尔可·邦迪，我被骗了。又过了一个小时，我认定杰克是库贝尔可·邦迪的宝宝——他生了这个小东西，我们只是在帮着照顾，直到库贝尔可·邦迪年纪大到足够可以自己照顾他。

但是如果你是库贝尔可·邦迪的宝宝，那么库贝尔可·邦迪在哪里呢？

我是库贝尔可·邦迪。

是啊，没错，很好。这样简单多了。

我用胳膊搂住他裹在襁褓里的身体。试图拥抱他如同试图拥抱一块麦芬蛋糕，或者一个杯子。没有足够的面积。我非常小心地亲吻了每一侧斑斑点点的脸颊。他的脆弱吞噬了我，但爱是否是一个正确的词语？或者这只是热病般的同情？他可怕的哭叫穿透了空气——要喝奶了。

晚上的喂食时间是凌晨一点，凌晨三点，早上七点。凌晨三点很可怕。其他所有时间还留有一些文明的元素，但是凌晨三点，我望着月亮，抱着偷走我生活的其他人的孩子。每天晚上我的计划都是坚持到清晨，然后看看还有什么选择。但只能这样——别无选择。在这个宝宝出现前，曾经有选择，但是没有一个实现了。我不曾自己飞去日本看看那里是什么样的。我不曾在夜店对陌生人说告诉我你的一切。我甚至不曾自己去看过电影。不需要安静的时候我保持安静，坚韧不重要的时候我保持坚韧。过去的二十年我仿佛一直过着照顾新生儿的生活。我拍打着杰克帮助他打嗝，用拇指弯撑住他松软的脖子。柯丽的吸奶泵在客厅里响起来。不像医院里的泵那样发出温和的咻啪，这个新机器的声音更刺耳，听着像是赫兹啪，赫兹啪。一个不断加剧的指责——我们以为自己是谁，竟能拥有这个孩子？赫兹啪，赫兹啪，赫兹啪。

但是随着太阳升起，我达到自我怜悯的巅峰，想起来生命的最后我无论如何总归是要死的。我这样度过此生又怎样——照顾这个男孩——对立于其他选择？我将始终是平凡的，他没有剥夺我飞翔或者永生的能力。如今我赞美修女，不是应征的那种，而是自主选择的当代女性。如果你足够智慧到懂得生命在于放弃你想要的东西，好过试图拥有，那为什么不就放弃呢？这些奇异的启示不自觉地出现，我开始明白，不睡觉、失眠和不断的喂食是一种洗脑，是一种过程，旧我不断被塑造，缓慢而坚定地变成新我；一个母亲。我试图在这个过程中保持清醒，仿佛旁观自己的手术。我希望留有旧我的小小一角，只要足够用来告诫其他女人。

但我知道这是不可能的，等到这个过程完成，我将不再有任何抱怨，不再疼痛，也不再记得。

柯丽从没碰过杰克，除非我把他塞给她，她把他举得远远的，任他双腿乱晃。她叫他小家伙。

“你有没有觉得小家伙的手很有趣。”

“没有。你什么意思？”

“他好像没法控制它们。我见过这样的人——成人，你知道，坐在轮椅里的。”

我知道她的意思，我也见过那样的人。我们看着他胡乱挥手。

“他只是太小了。等到他微笑了才算数。七月四日。”

她怀疑地点点头，问我们是否需要买什么东西。

“不需要。”

“不管怎么说我还是去吧。”

现在她完全恢复了，经常出门，这有时候是一种宽慰；我只需要照顾他，而不是他和她。想到这个我笑了，因为我太像1950年代的家庭主妇，而她是我的大拖油瓶。这可以是一个昵称吗？

“你是我的大拖油瓶。”

“耶。”

“我是你的宝。”

“对。”

只是她不是1950年代的丈夫，因为她没带回家培根。她试图要回她在拉夫尔商店的工作，但是负责招聘的换了一个人——

女人。四处打听打听，我说，打听一下讲不定就有用。她打听了，给凯特发了一条消息：知道哪里有工作吗？？？？？？？？？？？

尽管我累坏了，还是在五月十七日刮了所有阴毛，八个星期的最后一天；我非常肯定比起黑白相间的阴毛她更喜欢这样。苏珊娜也记得这个特殊的日子，她发了一条彬彬有礼的消息：请重新考虑。

十八日晚上我把杰克抱在背袋里带他绕着街区走啊走，直到他沉沉地睡着了。我把他抱进摇篮，手还是放在他的头上和脚上，数到十，然后轻轻移开，轻手轻脚走出熨衣房。我把头发梳到耳朵后面，穿上艳粉色的“门帘”，开着门。

她没有进来我稍稍松了口气。我不希望性取代了我们的生活——R级影片和橡皮玩具以及所有那些玩意。我频频查看黑板上有没有新的记号。还没有，但是那个小小的紫色的依然在那里。我翻看日历计算到七月四日还有几个星期。等他微笑了，一切其他事情都会明朗，记号会像草一样生长。

结果凯特的母亲的姐姐是一个拥有餐饮团队的派对筹办人。

“这是一个真正的工作，”柯丽说，“和拉尔夫商店不一样。这是一个职业。”

“她是凯特的阿姨？”

杰克在尿布里拉得很大声。

“是她母亲的姐姐。我的梦想是学会一切，然后开办自己的公司。”

“派对筹办公司？”

“不一定，但也有可能。这只是一个想法。团队里的瑞秋要开一个各种风味的爆米花公司。她已经有了所有爆米花。在她的房间里。”

“你想试试吗？”我把杰克放在她的怀里。

“什么？”

“帮他换尿布。”

八个星期零七天的时候，我再次刮了毛，穿上了门帘。因为如果第一个星期不算，可能她没有算，那么这就是八个星期的最后一天。

过了这个晚上我再也没有刮毛。

为了餐饮活动，她必须穿白色礼服衬衫，佩戴黑色服务生领结。当然她看起来美极了；所以她会被聘用。第一个晚上她凌晨两点才回家。

“他们弄得一团糟——我打扫了几个小时。”她呻吟。

她动静很大地从纸袋里面掏出喝到一半的香槟、纸杯蛋糕和上面印着**扎克和金**的纸巾。

“嘘。”我生气地指着宝宝监视器。我在街区转了四圈才哄他睡着。

她像扔一只烫手的土豆一样扔了空纸袋。

“好吧，我有话要说。”

她的神情又奇怪又严肃。我的肚子一坠，她要和我分手。

“记得我告诉你什么事情的时候？你常常不感兴趣。你从来不问问题，我觉得你根本不在乎。不要笑，你干吗笑。”

“对不起，我感兴趣。我对什么不感兴趣了？”

“嗯，我正好想到一个例子，我和你说起瑞秋要开的风味爆米花公司的时候吧？你没有问任何问题。”

“嗯，我明白你的意思了。我觉得那件事情你说得特别完整，没有什么问题可问了。”

“我能想到一个问题。”

“什么？”

“什么口味？这是真正感兴趣的人会问的第一个问题。”

“好吧。你是对的。”

她换了衣服，等着。

“什么口味？”

“嗯，一共有这些：木瓜、牛奶、巧克力牛奶、口香糖——所有这些。你有没有吃过口香糖味的爆米花？”

“没有，我吃过口香糖，我吃过爆米花，但是没有——”

“没有一起过。”

“从没有一起过。”

凌晨两点算是早的。有时候派对三点结束，她打扫到五点。

有一次她和瑞秋不得不在凌晨四点开车把一个大理石台子送到橘子郡，这样凯特的妈妈的姐姐就不用付第二天的租金。有时候她回家的时候喝醉了，这只是工作的一部分。

“因为有很多剩下的饮料。”她含糊地说。

她解开她的礼服衬衫，挤出含酒精的奶。赫兹啪，赫兹啪，赫兹啪。我把奶倒进下水道，她轻吻我一下。接着又是另一下，一个更长的吻，尝起来怪怪的。

她看着我的脸。“尝起来像龙舌兰？”

我点点头。

“你喜欢吗？”

“我不太喝酒。”

“好吧，我们得找天把你灌醉，女士。”

她不太叫我女士，让我感觉很老。她把手放在我的屁股上。

“那条裙子在哪里？”

“什么裙子？”

她做了一个难看的脸，过去那种恶意的脸。

“没什么。”

电视开了；我回到卧室关上门。现在我独处的任何时候，总是陷入恍惚，抱着胳膊，试图把旧我安置在新我里面。通常我坚持不了多久——杰克哭了，我又动起来，再次忘记自我。如果他不哭，我的想法就变得越来越扭曲和疯狂，正如此刻。我意识到她说的是什么裙子了。

她看到我的时候脸红了。她盯着我鞋子里的硬币[1]，慢慢沿着裙摆往上移，一个扣子接一个扣子。移到我的脸的时候，她后退一步打量我全身。她的神情沮丧，几乎是痛苦。她用手撩着刘海，在运动裤上擦了好几次手心。我从没被这样看过，好像梦想成真。

她站起来，低下头，亲吻我高领里露出来的脖子。她推倒我的方式很粗鲁。不像以前，但又有一点像。这让我眼泪汪汪的——这也是我们。她飞快俯到我的脚边，俯到裙脚。那些纽扣很难解开，对于扣眼来说稍微有点大。她每解一粒纽扣都像第一粒那样费力，没有学会任何诀窍或者解扣子技巧。我觉得她赶在杰克哭之前解到我阴部的可能性很小，如果这是她的目标的话。他不哭的时候我又担心他是不是死了，但是我不想成为那个发现他死了的人，所以还是躺在地上。她的手指摸到我的腰，她挣扎地来到我胸口的时候，我看着她认真的椭圆形的脸。她酒精味的呼吸热切急促。这是一个性感的声音；任何信仰的人听到以后都会兴奋。当我下巴底下的纽扣解开时，她小心地撩开裙子，如同给一条鱼开膛。我没有穿门帘或者其他任何东西。她坐回到自己的脚跟上，盯着我汗涔涔的胸口，开始低声咕哝。

“谢丽尔可以自己来……我加入她，尽管我帮不了什么忙……”

她飞快地喃喃念到结尾，仿佛这是上帝的祷告。躺在地上很

1　此为一种 1930 年代时尚，当时的鞋会附有栓装饰品的带子，而许多人会用硬币来做装饰。

难鞠躬表示谢意，但是当我这样做的时候，她飞快地一起脱下运动裤和丁字裤，俯下身体，把她深棕色的小丘压在我扎人的灰色小丘上。我抬头吻她，她闭上眼睛，清了清喉咙，屁股往一边侧了侧。她非常专注地开始在我的耻骨上慢慢揉搓自己。很重，我不知道手该往哪里放。它们在她两瓣光屁股上徘徊了一会儿才放了上去。我捏她。毫无疑问感觉很好，但是很难把感知聚集成任何能量。我闭上眼睛，菲利普鼓励我，“想想你自己的东西。”我已经很久没有想过我自己的东西。我绷直脚尖，试图激起一声回响，幻想中的幻想，但是半途中我睁开了眼睛。她膨胀的乳房压在我坚硬的毛茸茸的胸口，我感觉到她湿漉漉地滑过我硬邦邦的家伙。我用力捏她的屁股，往上顶；这种感觉妙不可言，我拥有了她，我正拥有着她。我顶啊顶，直到我咬牙切齿，天雷地动地射出来，填满了她。柯丽注视着我扭曲的面孔开始加速，她的揉搓直接得尴尬。我试图跟上节奏，但是对两个人来说太快了，于是我保持不动，像一根让狗狗蹭的柱子。她的脚臭夹杂在干净的空气中一波波地传过来。我能感觉到杰克曾经待过的大肚子。她持续不断，有什么地方擦破了。最后她僵硬地颤抖着，发出尖利的呻吟，听起来几乎像是假装的。我知道我会习惯。可能我下次甚至也会发出这样的声音。

她从我身上翻下来，飞快地穿上丁字裤和运动裤。她笑着，猛地跳起来差点摔倒。

“哦天哪，”她不是对我说，而是对着空气，“哦天哪！”

仿佛已经结束了，于是我开始扣扣子。

“我现在就要叫一个比萨，整个吃完。”她已经在拨电话了，“你想要什么吗？不要？”

“不要。”

我开关了一下宝宝监视器，确保屏幕没有卡住。

“他很久没动了。”

她看着屏幕。“你什么意思。”

“就是他没有动。”

“是好是坏？”

“如果他活着就没事。”

“你要不要去看看？”

“然后吵醒他？”

我自己坐在监视器旁边，把指甲边缘放在他的胸口，观察有没有任何动静说明他在呼吸。分辨率不够高。我要冲着马路尖叫，这是我要做的第一件事。之后还没有计划。

比萨外卖员按响门铃的时候，宝宝醒了。我哄他睡下的时候，她已经把一整个吃完了。

七月三日，杰克一整天时哭时断，仿佛他知道这是微笑的最后期限，就要错过截止时间让他非常沮丧。

完全不用担心，不要去想就是了。

但是我感觉到马上会有一个微笑。

不着急。

柯丽花了三十分钟用声音和鬼脸骚扰他，然后放弃了，噔噔噔走了出去。我看着她走来走去，抽烟，打电话。

四号我们去了拉尔夫商店，柯丽得到一个免费的员工热狗，尽管她已经不在这里工作了。经理抱了杰克，然后一个叫克丽丝的女人抱了他，肉摊的人抱了他，然后柯丽抱了他，是真正地怀抱着他，仿佛她一直这样做。他试着抓住她正装衬衫上的一颗纽扣。现在她每天都穿这个，即便是不工作的时候。还有绿色的裤子，军裤。她的个人人风格在过去的一个月里默默地完全地改变了。这很衬她。当她开始显得烦躁不安时，红发打包男孩从她怀里接过杰克，带他玩火箭升空。

“当心。”我说。

“他喜欢这样，”打包男孩说，“看！”

柯丽和我抬头看着我们的宝宝，他冲着我们咧嘴笑。我们大声笑起来，互相拥抱，又抱了打包男孩和杰克。任务完成。

微笑之后是大笑，然后是翻身。白天和夜晚开始恢复正常；凌晨三点变成一个寻常时间。最初几个月对所有家长来说都很艰难，真的是一次测试——而我们通过了！正是夏天。我清洗了纺织品。我打开所有窗户，尽量打扫后院，修枝，播种，而杰克在一块毯子上滚来滚去。如果里克还回来的话，他得要清空蜗牛桶；几乎已经满了。柯丽穿着牛仔短裤，用她做餐饮服务生的钱买了瑞秋的旧电动摩托，因为瑞秋要弄一辆新的。她们周末一起出行，打算加入一个车队。

“因为我们快得要命！”她大声说，摘下头盔。

“或许杰克和我可以看你比赛。”我想象自己坐在冷藏箱旁边，抱着宝宝，挥舞着小旗子。涂着晒黑霜。

她的脸沉下来。“不是这样的，没有比赛。”

“哦，好吧，你说车队，我以为——”

她从厨房里拿了一些东西，又出门了。我把杰克抱在腿上看着前窗外面。她正在用水管往车子的轮胎上喷水，然后用我的蔬菜刷擦拭。她怀孕长出来的体重几乎已经消失。新的胸部甚至更大，看起来简直不像真的，但是很美。她关上水，往后退了一步，欣赏着闪亮的摩托。很多人都无法把手从她身上移开。她也希望我这样吗？她当然希望。

那天晚上我穿上门帘。半裸着大摇大摆走出去太尴尬了，于是我披上浴袍，一坐到沙发上她的身边就脱掉。她花了一会儿时间才把视线移开电视，她移开了。只有一秒。

“我，”——她飞快地眨着眼睛——“需要事先提醒。”

我穿上浴袍。

“好吧。事先多久？”

“什么？”

“我不知道你是说一个小时，一天，还是……”

她盯着自己的膝盖，如同被家长盘问的青少年。过了一会儿问题蒸发了；现在无法回答。我起身去泡茶。

我还是不时轻吻她一下，但是她的嘴唇仿佛有点僵硬，有点退缩。有时候我希望我们能像过去一样扭打，但是不可能了，而且我们还得要先找个保姆。而且我也没有真的想要打她；她甚至没有对我不好。她洗自己的碗，而且负责地穿着一直到膝盖的脏橡皮靴修剪后院草坪。她什么时候弄来的？还是那是里克的靴子，他过去穿着打理花园的？我胸中突然弥漫着忧郁，仿佛我怀念那位流浪汉园丁。或者在怀念过往——医院、护士、呼叫按钮、她扎着辫子的模样，还有不合身的棉布长袍。第一个紫色记号依然高高画在黑板的角落里，但是如果人们不知道那是什么，他们或许会以为那是没有完全擦干净的东西留下的痕迹。

我在思索一个念头。只思索了几秒钟就放弃了。过了几天，杰克睡觉的时候，我又拿出来想一想。这就像是一幅大大的刺绣，在完成之前我不想看到最后的图案。因为最后的图案总是悲伤。

我们坠入爱河，现在依然是。但是一个心理状态正常的人可以爱上任何人或者任何东西。一张木头桌子——永远四条腿，永远趴着，永远在那里。不可能的爱有效期是多久？一个小时。一个星期。最多几个月。结束是自然的事情，像季节更迭，像变老，水果腐烂。这是最悲伤的部分——没有人可以指责，没有办法可以保留。

所以现在我只是等着她离开我，带走那个法律上来说并不是我儿子的男孩。他们很快就会离开。她会突然行动避免麻烦。她会回家；卡尔和苏珊娜会帮忙养育他。他们现在不和她说话，但是当她带着宝宝，肩上扛着紫色旅行袋出现在家门口时一切都会改变。认清了自己的位置以后，我发抖，失去了食欲；我用冰冷的手抱着杰克，总是在落泪的边缘。我人生中第一次理解了电视的意义，为什么每个人都要看电视。因为有用。当然从长远看不是这样，但是当下的每分每秒都有用。我渴望的唯一食物便是不真实的、不健康的薯片和饼干，我特别喜欢的一样东西涵盖两者——咸的油煎饼干。吃完了我就把杰克留给她，自己去拉尔夫商店买。

“如果他醒了开始哭，等五分钟再进去。他很有可能哭两分钟就又睡着了。”

她点头表示好好好，我知道了。她在挤奶。“你能帮我买点葡萄柚汽水吗？”

开车回家的路上我想起来忘记买汽水。接着我想：没关系。因为等我回家的时候她已经不在了。他俩都不在了。非常肯定，她的车不在车道上。

她刚刚离开我就要进入屋子太不合情理了。我得让它关闭一会儿，平静下来。而且我哭得太厉害，动弹不得。野蛮刺耳的哀嚎。这一切都发生了。我的宝宝。库贝尔可·邦迪。

突然她的银色奥迪停在了我的车旁边，副驾驶座位上放着两桶两升装的健怡可乐，杰克睡在婴儿座椅里。我们都下了车。

“我让他哭了五分钟，但是他停不下来。”她隔着引擎盖低声说，“所以我带他出去兜风。”

之后我始终和杰克在一起，始终，而且我试着做些他被她带走以后还能从细胞层面上记住的事情。我组织了一次去圣莫妮卡码头步行道的旅行，满是刺激性的、难忘的风景和声音。

“我能带朋友去吗？”柯丽问。

“什么朋友？”我说。

“算了，没什么。”

码头上挤满了吃着巨大油炸面粉食物和彩色棉花糖的胖子。柯丽买了一块油炸奥利奥饼干。

“这样会挤出来甜的奶。”我说，想着糖的炎症特征。

“什么？”她在过山车呼啸而过的咔咔声中大喊。每次过山车经过，一个拉丁裔女人就高高举起她的宝宝，他胡乱晃着胳膊和腿，以为自己坐在过山车上。下一次它开过来的时候，我也一起举起了杰克，他会记得这个。那个女人对我微笑，我做了一个恭敬的姿势，让她知道我并不打算取代她，她是领袖。我们一次次地把我们的宝宝举到空中，让他们知道作为一个母亲是什么感觉，可怕地陷在爱里，没有离开的选择。我的胳膊累了，但是我无法决定什么时候结束。我多么渴望成为那些轻松自由走来走去的人。过山车突然砰的一声停下来了；门哐当哐当打开，一群成人和孩子朝我的拉丁裔伙伴跌跌撞撞地走过去，大笑着，膝盖发软。我几乎没有力气把杰克塞回他的背袋；我的胳膊像面条一样悬着。

而柯丽不见了。

我屏住呼吸，站着一动不动，任由人群在我们周围打转。

她一直等到我分神。

她的朋友把她接走了。

他们已经在去往旧金山的途中。

她离开了杰克。

我用手捧住他的脸，试图稳住呼吸。他还不知道。太糟糕了，这是犯罪。也可能是她一直以来的计划，一个宽宏周密的选择。我的眼睛湿了。她信任我可以做到。我确实可以。宽慰伴随着被抛弃的震惊。我绕来绕去朝出口走去，接着是洗手间，接着麻木地看着一个瘦削的父亲用枪打橡皮鸭子，没有打中，砰，砰……砰。她也在看他。她就穿着正装衬衫站在那里，吃着巨大的椒盐饼。瘦削的父亲放弃了，柯丽稍稍四处张望着还有什么好玩的东西。她看到了我们，朝我们挥手。

“你觉得这个有没有作弊？”

“有可能。”我颤抖着说。

“我反正要试试，你帮我拿着好吗？”

又过了一个月，我意识到她可能不知道。我可能得等上几年，她可能会在这个家里变老，和她的孩子，以及她父母的员工，永远不知道她应该抛弃我。她的不耐烦会消退，她的金发会变成灰白，她会变肥。等到她六十五岁，我就八十多岁了——两个老太婆和一个老儿子。这对我俩来说不是最理想的组合，但或许已经足够好了。这个发现是巨大的安慰，我觉得它或许可以无限期地维持着我的生命，如同一条隐形的面包。接着有一天下午，杰克和我从公园回来的时候，我们远远看到了什么。

街沿上面是什么？他说。

一个人。我说。

一个驼着背的灰色身影。她的头发不是灰色的，但她的皮肤是。还有她的脸。因为重担而枯萎崩溃，任何人都看得出来：这是一个痛恨自己生活的女人。而她就打算这样抽着烟坐在街沿度过余生。她抑郁了多久？几个月，这很明显。自从我们带杰克回家以来她就在这里抽烟。向来如此，短暂的激情淹没了某人真正的道路，而且无能为力。我看着杰克，他担忧地皱着眉毛。

她可以非常积极，我向他保证，而且有趣。

他不相信我。

她抬起头，看着我们向她走去。她没有挥手，只是不耐烦地把烟头弹进了阴沟。

我最喜欢的电视节目是有关一个在荒野中生存的男人。最新一集里男人的脚卡在了石头底下，他没有办法，只能用小钢锯锯下来。他锯啊锯，然后把锯下来的部分扔进了灌木。已经紫到发黑。我们的情况是，脚必须把自己切下来解放男人。解放柯丽。我会做得温柔、礼貌，却也怀着同样不退缩的决心。我战栗了，发出惊恐的呜咽。这和库贝尔可的母亲第一次把他带走时不一样，我不再是九岁。我永远不会恢复。但是我不能通过留住她来留住他，从母亲，妻子，和可能性的角度，都不可能有好结局。拿起钢锯，锯啊锯啊锯。

真的蜡烛有起火的危险，于是我买了电子许愿蜡烛，只要摇一摇就会亮。有三十个；摇了好久。格里高利圣咏 CD 不是“我们的主题曲”，但是很接近我们在第一天早晨听到的那首。我打开音响，静静地关了灯。杰克和我注视着在黑暗中摇曳的塑料火焰，中间有一个真的蜡烛，我两年前送给她的石榴醋栗蜡烛。房间闪烁发亮。我想要无声地哭，这样宝宝不会发现。我扭曲地张着嘴，眼泪涌了进去。因为我想到经历过三个人的生活之后又要回到一个人——想到经历了这一切吵闹之后安静和完美的秩序。

在柯丽下班回家前还有四十分钟能哄他入睡。我帮他洗澡的时候仿佛是最后一次。唱他的晚安歌也仿佛是挽歌，于是我打开了《毛毛小熊的一家》，但是在这种情况下，这个故事太温馨了。杰克开始扭动烦躁。

为什么没有信心？他问。

我说这和信心无关，你不能总是得到你想要的每样东西。但他是对的。一个真正的母亲把她的心扔到篱笆的那一边，然后爬过去拿。

我合上《毛毛小熊的一家》，打开灯，把他抱在怀里。

我已经尽力了，不是吗？我真是傻妞米莉[1]。我们会在你长长的人生道路中说一百万次再见和一百万次你好。

杰克抬头看着我；他在想睡前故事怎么了。

---

1 《傻妞米莉》(*Silly Milly*)，出版于 2010 年的一本美国童书。

好吧，有一天，我开始说，等你完全长大，我会等一架飞机降落，而你在飞机上。你会从中国大陆或者台湾来，而我听到你的航班到达时站起来。柯丽也站起来，她也在。我们和其他爸爸妈妈丈夫妻子一起，在长长的到达走廊尽头等待。乘客们陆续从通道出来。我搜索，搜索，心脏怦怦直跳，你在哪里，哪里，哪里——然后我会看见你，杰克，我的宝宝。你在那里，又高又帅，和你的新女友或者男友在一起。我会疯狂挥手。你先没有看到我，然后看到了。你也挥手。我无法控制自己，朝着走廊奔跑。有点夸张，但是我一跑就停不下来。猜猜你会怎么做？你也跑。你朝我跑过来，我朝你跑过去，我们彼此靠近的时候都开始大笑。我们笑啊笑，跑啊跑，响起音乐，铜管乐器，高昂的赞歌，没有人不热泪盈眶，字幕滚动。掌声如雨。结束。

他睡着了。

她下班回家的时候格里高利圣咏还在放。我在烛光闪闪的卧室里等她。她疑惑地探头进来。我在仅有的一只平底玻璃杯里倒了龙舌兰，过去的十六年，里面一直装着积灰的发夹。

“奇怪的灯。”她喝了一小口酒，环顾四周。CD 现在在另一段音轨上，是一段安静的赞美诗。我们默默爬上了床。

我和她躺在一起，她像过去那样抱着我，Ss。

整曲圣咏放完了，接着又开始了新的一曲，宏伟的大教堂中一个孤独的声音，上升，回响，赞颂。歌手怀着感恩之心升华和发亮，不是只为了一件事情，而是为了整个生命，甚至为了痛苦。即便是拉丁文，也能够听得出来他特意为了痛苦，以及痛苦使他与世界紧密相连的方式而感恩上帝。我捏捏她的胳膊，她把我抱得更紧。

“你得搬出去。”

她僵住了。我想象那个男人切掉他的脚趾。我闭上眼睛锯啊锯。

“你得住在自己的第一间公寓里，学习照顾自己，自由。恋爱。”

“我在恋爱。”

“那很好。你能这样说。”

她没有重复。

因为她在我身后，很长一段时间我不知道发生了什么。接着她急促地呼吸，把眼泪鼻涕吸回喉咙里。

“我不知道怎么，”——她挨着我的脖子啜泣——“照顾他。”

我数到九。

“我可以——如果你想——把他留在这里。我的意思是直到你安顿好。”

现在我能感觉到她在哭，她的整个身体都在发抖。

“我觉得我肯定是世上最糟的妈妈。”她咳嗽。

“不，不，不，根本不是。”

CD 不停地放啊放。可能是又从头开始了，很难辨别。我们睡着了。我起床，给了杰克一瓶奶。我回来，滑入她的怀抱，睡啊睡。早晨在回家的路上迷路了。我们将永远这样躺着，永远说再见，永远不分离。

第十四章

柯丽觉得如果我成为法定监护人可以少些麻烦。“因为我可能需要一些时间才能安顿好。”

“有道理。”我屏住呼吸说。既然已经做出决定，她以陌生的劲头飞快地做好了安排。我被通知去法院会面；她开车，说了一路的话。所以任何人都可以合法绑架你的孩子，只要你站在法官面前告诉她你“完全同意”。接下来的一年，社工会过来四次查看情况，柯丽会找到自己的住处。

“我们非常乐意解决她的房租，”苏珊娜向我保证，“我们显然应该第一时间就做这件事情。所有家长都会犯错。你会知道的。你什么时候回来工作？”她觉得她赢了——我们在竞争她的女儿，而她成为了最后的赢家。

我告诉柯丽她可以不用挤奶了，因为我们不管怎么说都要用奶粉了，但是她答应给我一个月分量的奶。

“我星期五过来探访的时候也可以挤。”

“你会被耗尽的。没关系——他七个月了。你的任务完成了。”

她的眼睛里渗出眼泪，喜悦的眼泪。我没有意识到她那么痛恨挤奶。

我们没有说最后一个晚上是最后一个晚上，但是第二天她就要搬去在影视城的公寓，接下来那天晚上她会睡在那里，之后的晚上也是，好几年，直到她搬去更大的地方，和什么人一起，她嫁的人，他们可能会有孩子。最终她将是我的年纪，而杰克到时已经上大学了，我们住在一起的这段时间，这段非常短暂的时间将变成一点点家庭八卦，有关一桩意外和一个家庭朋友，以及这如何消耗每个人。细节将被遗忘；它不会像我们时代伟大的爱情故事一样流传。

第二天早晨她的垃圾袋都排列在门口。再靠近门口一些它们就要列队而出了。久闻大名的瑞秋过来帮忙搬家。

“我听说你正在创办一个风味爆米花公司。”我说，把杰克抱在肩膀上帮他打嗝。她皱了皱眉头。

“你可以这样说。我的意思说，理论上讲是这样的。”

柯丽砰地从前门进来，抓起两个袋子，看见我们交谈。瑞秋非常瘦，犹太人长相。她穿着一件像是来自1980年代的彩色斜纹衬衫；是在嘲弄她出生前的年代有多么愚蠢。

“我弄错了吗？柯丽说会有口香糖味的爆米花。”

“真的很难解释。因为我在做各种不同层面的事情？”她用肩膀扛起最大的袋子。“我很吃惊她连这个都和你说。”

“好吧，她只和我说了爆米花层面的事情。”

她把我从上看到下，又从下看到上，最后视线没有落在我的眼睛，却落在我的脖子上。

柯丽气势汹汹地进来，抓起最后一个包。“所有东西都在了！”

“真的？”我环顾四周，“浴室呢？”

“我看过了。”

“好吧，那么。”

她揉了揉杰克的头顶。“再见，小家伙。不要忘记你的柯丽阿姨。”阿姨。她什么时候决定这样了？他抓住她的头发；她松脱出来。瑞秋摸出手机转身走了，这是留给我们告别的时间。柯丽坐立不安，我怀疑她会不会每周五早上十点过来。她张开双臂仿佛一只友好的熊。“感谢你为我做的一切，谢丽尔。我今晚会给你们打电话。”

“你不需要打电话。”

“我会打的。”

我们看着她们上车，离开，然后我们在家里走来走去。房间的回响变得不一样，天花板更高了，空空荡荡。

过去一直是这样的，我解释。家里平常就是这样的。

她没有留下什么吗？他问，什么都没有？

我们查看了每个房间。她做得非常彻底。夹在书中间的信封不见了，汽水罐拉环也不见了。我们最后终于找到一件她落下的东西。

我把阳光水晶从浴室里拿出来挂在了厨房的水池上方。杰克看着它碰了几次玻璃以后，安静地旋转着。

彩虹。我指着映在墙上的一道彩虹。他吃惊地张着小小的嘴。

这类东西正是我期待的，他说，这肯定是我最感兴趣的，最喜欢的。

彩虹？

还有其他所有类似的。

没有其他类似的。彩虹是独一无二的；它们是唯一这样的。

水晶开始往另外一个方向旋转，明亮的彩虹映在他的身体上。我看得出来他不相信我；确实不太可信。我在大脑中搜索其他这个类别的东西。反射、阴影、烟——这些东西最多只是忧郁的远亲。不，彩虹自己有一个壮丽的类别，每道彩虹都是引人注目的，从来没有暗淡的彩虹，从来不差任何颜色。总是颜色齐全，总是顺序排列。她没有打来电话。

每天我都融开一块奶冰，看着杰克喝柯丽正好在一个月前挤出来的奶，每个瓶子上都标着日期。第一天他喝的是我们做爱那天的奶，他大口喝完了。他喝了我们带他去拉尔夫商店那天的奶。他喝了我们在码头那天的棉花糖奶。最后一批是她离开的那天早晨的，奶里都是我不知道的计划。他喝完那瓶，她就真的消失了，她的最后每一滴都消失了。但我却很难摆脱回想一个月前发生了什么的习惯，于是我们继续。他喝第一瓶奶粉时，我想起我们单独相处的第一个夜晚，家里安静到悲伤，直到我打开电视。我回想自己回想做爱的场景，对着杰克哭，眼泪掉进他的眼睛里。当她走了整整两个月的时候，我回想起融化她的最后一瓶奶，想着她现在真的消失了，她的最后每一滴都消失了。我帮他拍嗝，就这样了——我没有再从头开始三重回想。

她错过了最初的两个星期五，以及之后的那个。我打了好几次电话想要稍稍提醒下，但她的电话只是响啊响。我想象它在某处下着雨的阴沟里，她正是那种会被谋杀的女人。

“我不是想要警告你，”我平静地说，“但是我觉得你应该知道。”

“我们昨天刚刚见过她。”苏珊娜说。

“哦，她怎么样？”

“她在新的地方非常快活——你应该看看，她和瑞秋在墙上涂了各种疯狂的颜色。你见过瑞秋吗？”

“瑞秋也住在那里？”

“是啊，她们分不开。而且我得说她们在一起真的很可爱——柯丽为那个女孩发狂。你知道瑞秋也上的是布朗大学吗？柯丽的母校？”

“你说‘发狂’，是什么意思？”

“她们相爱了。”

我把所有的餐具都收走了，只剩下我自己的一套和杰克的塑料小勺子。我用西藏花布盖住电视机。我又拿走了布，把电视机搬在街沿的垃圾桶旁边。等到一切都归位以后，我对杰克解释了我的系统，拼车等等。

看，这样房子实际上就会自我清洁。

他在腿上弄碎了一块米蛋糕。

你低落的时候也不用担心会乱成一团。

他把一盒塑料小方块扔在了地毯上。

我对玩具的计划是不去管它们的位置，因为这将会是一场永不结束的战争，而是用像处理餐具一样处理它们：少。我把所有玩具都扔进行李箱里，只剩下一个球、一个拨浪鼓、一只熊。这几样东西可以放在任何地方，但是最好不要挤在一起。两个可以放在同一个房间里，第三个最好在其他地方，否则就有点太混乱。她想要一个女朋友。一个做伴的人。身体的探索，女人味等等。这很寻常。杰克思索着玩具都去哪里了。他在家里爬来爬去找玩具。我又推出行李箱，把玩具都倒在客厅中间。叠叠杯，小方块，塑料汽车和毛绒玩具，纸板书，以及有着塑料眼珠和花纹尾巴的吱吱响的连环圈。我的系统对宝宝来说不适用。宝宝破坏一切。上床以后不再动弹的秘密计划？毁了。非常悲伤的时候尿在罐子里的习惯？毁了。

每天我都推着推车带杰克去公园。我们停下来看男人打篮球，心想柯丽有没有见过他们，他们有没有见过她。有一个健壮的光头男人，她可能去过他家。他没有要相认的意思，但是他怎么会觉得一个从没见过的女人的孩子是他的儿子？

你对他们中间哪个人感觉亲切吗？

杰克没有。他在长大，有时候他看起来不太像柯丽，却像是其他人。他烦心时候的表情并不独特——我见过有人，男人，像这样皱着眉头。但是我无法辨别这种感觉，这是一个在消逝的念头，如同一靠近便匆匆离开的梦。我们看着人们慢跑，大孩子们在滑梯和秋千上玩耍。

一对在草地上拉伸的夫妇朝杰克微笑。

他们认识我们？

不。人们对你微笑因为你是个宝宝。

现在他们在挥手。是里克和一个女人。他们朝我们走来。

“我还说，‘是不是她？不是，是的，不是。’”

“他正在说呢！”女人附和，“真是这样。我是卡罗尔。”她伸出手。

我环顾公园。他住在这里吗？我没有看到附近有小棚或者睡袋。卡罗尔整洁正常，像个大学教授。

“这是他吗？”他问，眼睛湿润了。

“杰克。是的。”

他接生了你。

你开玩笑。

“我永远不会忘记那一天。他紫得好像一个蓝莓——我没有说过吗？”

女人猛地点头。“你回到家里，扔开园艺工具，说，‘亲爱的，你绝对猜不到我刚刚做了什么。’”她在裙子的口袋里晃着手，微笑着，“但这不是你第一次救人于危难，亲爱的。”

里克要么是和她住在一起并且被称为“亲爱的”的流浪汉，要么就是她的丈夫。

“我在越南的时候做过一点医护工作，”里克谦虚地说，“他看着很健康。”

“他现在没事了。”

“真的吗？”里克的眼神痛苦真诚，“他的妈妈怎么样了？”

“她很好。”

卡罗尔拍拍他的背。“孩子出生以后好几个星期他都睡不好。”

“我应该打电话的，”里克说，“我害怕听到坏消息。”

他不做园艺的时候甚至一点都不脏，我为什么认为他是流浪汉？因为他步行。没有车。我从旁侧看他，心想他是否意识到我的错误。但如果你不是流浪汉，你绝对不会想到有人觉得你是。我指指自己的家，说杰克差不多该午睡了。

“我们也正好要回去，”克罗尔说，指着相同的方向，“我们就住在过去几个街区。”

一个有园丁拇指却没有院子的邻居。就是这样。这会不会是很多觉醒中的第一个？我是不是将要经历一个又一个真相？这更可能只是一个单独情况。

一个认错身份的单一事件。我解释。

无心之过。杰克同意。

我们一起走回去，里克坚持要看看后院。

“一团糟。我真不应该放任如此。蜗牛怎么样了啊？”

我想不起来最后一次看到蜗牛是什么时候。桶空了，它们仿佛跟着柯丽走了。

卡罗尔从我的树上摘了柠檬，在我的厨房里做了柠檬汽水。

“不要管我，忙自己的好了。”

我抱着杰克在家里走，教他各种东西的名字。

沙发。

沙发，他附和。

书。

书。

柠檬。

柠檬。

“这里太安静了。”卡罗尔说，用我的餐巾擦手。

“安静是为了宝宝。”

“你和他说话吗？”

“当然和他说话。”

“很好，宝宝需要说话。”

他们留下柠檬汽水，保证下周四带乳蛋饼过来。我锁上门。

我和他说话吗？除了和他说话我什么都不做！我把杰克放在尿布台上。

一说一整天！我和他说了几十年的话。

好啦，真好呀，不是吗？又清洁又干燥感觉真好。

好吧，当然，我没有像列车调度员那样对他叫喊。但是我内心的声音比大部分人的都响亮。而且持续不断。

现在我们要扣好你的裤子。

我猜想很可能在局外人看来，我仿佛是在家里非常沉默地走来走去。

扣，扣，扣。好了。都好了。

我拍拍他的肚子，看着他开朗的脸蛋。这是一个致命的打击，小杰克无辜地生活在一个无声的世界里。而所有的语言，所有亲密的表示——他什么都没有听见？

我清清嗓子。“我爱你。”

他吃惊地晃着脑袋。我的声音低沉严肃；我听起来好像来自1800年代的呆板的父亲。我继续。“你是一个可爱的小土豆。”听上去很刻板，好像我在告诉他他是一种根茎植物，一种块茎。“你是一个宝宝。”我补充，以防在之前这点上有混淆。他伸长脖子，想要看看谁在这里。他当然听过我讲话，但总是和其他人或者是讲电话。我把他放在床上，一次又一次亲吻他胖胖的脸颊。他闭上眼睛，优雅地忍受。

“不用担心，你不仅仅有我。还有其他人。”

谁？他说。不，他没有说。他只是等待着接下来会发生的任何事情。

苏珊娜边脱鞋子边朝我致敬，我猜她的意思是我坚持要脱鞋的做法很法西斯。

“你还会其他日本礼仪，还是只会这个？”卡尔问。

“只会这个。”

“我们四处为宝宝找礼物，最后一刻我们发现了一家好极了的帽子店，”卡尔在客厅里走来走去，“我的意思是说那些帽子仿佛来自博物馆——小丑博物馆。他们明明可以轻松要价几百块，但是大部分只要不到二十块。”

“可是他们没有宝宝的尺寸。”苏珊娜说。

“它们都是均码的。我们想讲不定他的脑袋很大……成人尺寸的脑袋……”

当杰克的外祖父母第一次看着他，估量着他的头盖骨时，他害羞地笑了。

“太大了，”苏珊娜说着，从提包里取出一只叮当乱响的帽子。杰克要帽子。

“铃铛，”我口齿清晰地说，“铃儿响叮当。你从没见过铃铛吧，见过吗？他很喜欢，谢谢你们。”杰克放弃了铃铛，试图把他的整个手塞进我嘴里。自从我开始大声和他讲话，他便一直这样。他抓书页，晃任何会响的东西，套杯子，在地上滚来滚去，咬玩具长颈鹿的腿，每次我们只要分开超过几秒，他就呜呜叫着兴奋地来找我。也有可能这些事情都不是新的。可能我只是自从内心对话的面纱被撩开以后，更真切地注意到了这些。他越来越不像库贝尔可·邦迪，越来越像一个名叫杰克的宝宝。

苏珊娜微笑着把小丑帽戴在她自己的脑袋上。“你要不要告诉她，亲爱的？”

“我们会在你下次的薪水支票里加二十块，”卡尔宣布，“我们希望你兑现，然后装在一个信封里——”

“这是基金，”苏珊娜叮叮当当地解释，“这样等到有一天，他的脑袋足够大了，这笔钱就在等着他。”

“我们觉得这样更特别，”卡尔说，“看看她——她像不像一个漂亮的小精灵？”

我们都看着戴着帽子的苏珊娜。如果有谁看起来像小精灵，难道不该是我们中间的宝宝吗？但是她傻乎乎地眨着睫毛，像翅膀一样扇动着布满青筋的手。

我带他们参观了房间。卡尔在婴儿房里对苏珊娜低声说了什么，苏珊娜说这是不是原来柯丽的房间。

“这是我的熨衣房。柯丽最初睡在沙发上，后来我们睡在一起。”

他们互相侧眼看看对方。卡尔咳嗽着，拿起一只绒毛羔羊。

“羔羊。”我对杰克说，“外公拿着你的羔羊。”

他俩都不舒服地皱皱眉头。苏珊娜用胳膊肘捅了捅卡尔。

“我们很高兴你提到那个。”卡尔说。

苏珊娜闭着眼睛拼命点头。卡尔清清嗓子。

“杰克好像是个有趣的人，我们希望能有机会了解他。但是我们希望这是出于他自己的意愿。”

苏珊娜插话说：“我们的价值观和兴趣一致吗？他对我们以及我们关心的事情感兴趣吗？”

“我觉得他会感兴趣的，”我大胆说，“等他长大一点。”

“正是。而在此之前，这段关系都是强迫的，”苏珊娜的热烈晃响了帽子上的铃铛。杰克尖叫起来；他觉得这是最好笑的事情。“我们理应扮演‘外祖父母’的角色（丁零零）而他理应担当‘外孙’的角色（丁零零）。这对我们来说空洞武断，仿佛是写在贺卡上的话。”

卡尔因为贺卡的话咯咯直笑，揉着苏珊娜的脖子听她继续说。

“我们每天都遇见有趣的年轻人，我们喜欢他们，他们可爱，他们问问题。可能以后杰克也会成为这样的小孩。”

“我们或许甚至不知道那就是他。”卡尔喃喃说。

“我们不会知道那是他，他也不会知道那是我们——我们只是彼此喜欢的人。”

苏珊娜叠起帽子（丁零零），放回手提包。她这样说了一通以后仿佛松了口气。

“你想不想抱抱他？”我说。

她轻松地抱起杰克。他抬头看着她，想着那些铃铛还会不会回来。

第十五章

一个星期五，早上十点响起敲门声，我想，好吧，你知道什么，或许她没有完全忘记我们。我擦了擦杰克的鼻子，把头发掖到耳朵后面。我靠近门口的时候心脏狂跳。瑞秋和她分手了，她无处可去。我用手摸摸嘴唇，确保上面没有粘着什么东西。她现在可能已经完全是一个同性恋了。如果她想吻我，我会制止她，说，我们考虑一下这个选择，这是什么意思？有关我们是谁以及我们想成为谁我们是怎么说的？或许她现在更能说了；瑞秋可能激发了她。我等不及和另外一个成年人大声交谈了。

是一个瘦削的红头发年轻男人，佩戴着拉尔夫商店的名牌：**达伦**。那个打包男孩。

"柯丽在这里吗？"

杰克想要拉那块名牌。

"她不在。她不住在这里了。"

“真的吗？”他越过我往屋子里看。我靠边站了站，好让他看到她不在。

“只有我们。”

他注视着杰克和我，用手指摸着从下巴和粉色面颊上冒出来的很多小小粉刺的白色尖端。七月四日。他是那个让杰克微笑的人。

“好吧，”他说，“再见，杰克，再见，杰克妈妈。”他冲出门廊，跃过街沿的电视机。我看着他沿着马路跑了。杰克妈妈。从没有人这样叫过我。但是在杰克看来，没有其他人更像他的妈妈。我看着他小小的手指如此自信地抓着我的上臂。这是一件很寻常的事情，我却突然呼吸困难，仿佛刚刚爬到了高处的顶端。母爱。他烦躁了；我进去拿给他一把塑料铲子。他在吧台上拍，啪，啪，啪。我站着，抱着他暖和的身体，看着他专注的脸。太粉嫩了，他需要更多防晒霜。啪，啪。还有更多阅读——我读书给他听，但不是每个晚上。而且在NICU的时候每天我们只有几个小时和他在一起。不够。当时我们觉得够了，现在却追悔起来。他每天有二十个小时孤独地躺在那里。还会有其他不可饶恕的罪过，我能感觉它们正要到来——回想的往事将成为我最大的遗憾。我将永远追赶着我的爱。太可怕了。杰克把铲子甩在地上，哭起来。我捡起来，啪，啪。他笑了，我也笑了。可怕。我亲吻了他，他大张着流口水的嘴巴亲吻了我。可怕。

“啊，我的男孩，”我说，“我的男孩，我的男孩。我太爱你了。这只能带来心碎，我永远也恢复不了。”

“巴—巴—巴—巴。”他说。

“是啊。巴—巴—巴—巴。”

两天以后达伦在我家门廊最高一格台阶上蹦跶，像是一个在拉伸小腿肌肉的跑者。

“我觉得我还是留一个电话号码，下次你联系她的时候可以告诉她。”

我喂完了坐在高椅里的杰克，叫他进来。

“你给她打过电话吗？”

“没事。”他飞快地说。他给她打了很多次电话。我思索要不要告诉他瑞秋的事情。

“你要不要电视机，”我指指街沿，“是别人不要的垃圾。”

“我有一个平板电视。你也应该买一个平板电视。”

“我一直想把它送去善心旧货商店。”

他皱起脸。“我可以替你送去善心旧货商店。”

“真的吗？”

“当然。”他指着杰克的方式让我感觉自己很笨拙，好像善心旧货商店是个声名狼藉的地方。

他和和杰克一起待在厨房，我去收拾了更多东西让他一起带走。“咕，咕，咕，”达伦说，扮着傻脸，“嘎，嘎。”

第二天他从善心旧货商店带来装在小信封里的收据。

“付税用。这是减税捐赠。”他靠在门框上等待。我请他进来。他在我洗碗的时候解释说，事实上他很同情我和杰克。“无依无靠的。如果你愿意，我可以帮你们，我不在乎。”

“你真好，达伦。但是我们真的没问题。”

星期二是他通常拜访的日子；他在里克离开以后过来。他踩扁箱子，放在回收桶里，他帮我拿高处的东西。他说我应该看看他母亲的冰箱顶——和盘子一样干净。

“你可以在上面吃东西。这确实是个好主意——我今晚就要在上面吃。我要把意大利面放在上面。”

他一边帮我安装我的小小的新平板电视机，一边讲了一个很长的故事有关他表兄的车。他好像一点也不担心我觉得这个故事无聊；他讲啊讲，甚至没有使用任何基本的讲故事技巧来让故事有趣些。有时候他和杰克玩，而我去洗手间或者做吃的。他必须小心，因为宝宝喜欢他的粉刺。有一次他乱抓的小手弄破了一个熟透的白头，脓啊血啊都往外飙。粉刺下面的骨头很好。不算最好，但已经很不错了，是耐用的骨头。而且他很高。

我准确地记着露丝–安妮放卡片的地方：前台桌子的中间抽屉。如果她在看病，我可以溜进去拿，她甚至不会注意到。杰克在背袋里仰着头，看着电梯镜面天花板里面的自己。我们走在长长的熟悉的走廊里时，我的心脏跳拍。露丝–安妮，我会说，我们能不能抛开过去？还是不要说成问句。过去的已经过去。很好。

谁能争辩？

我打开门。前台空无一人。我直接走到中间的抽屉；背袋里抱着杰克，动作很笨拙，卡片不在我以为的地方。我突然意识到我不是一个人——一个年轻女人在角落里看杂志。她朝我们微笑，说接待员刚刚出去了。“我觉得她是去了洗手间，布鲁瓦亚尔医生可能要迟到。”我点头致谢，矜持地坐下来，仿佛我并没有打算洗劫这里。布鲁瓦亚尔医生。我是不是无意识地安排了自己的访问时间以避开露丝–安妮？露丝–安妮会说是的。我从杰克的头顶上看过去，有一幅印第安织布工的画。可能是黑尔格·托马森画的。织布工正在织一块地毯。或者是在拆地毯。她可能是以拆地毯作为非暴力抵抗。我心想新的接待员是不是很漂亮。可怜的黑尔格。

年轻女人慢慢地翻看《更好的家和花园》。她不断打量杰克的方式让我想起了我自己——仿佛他们之间有什么特殊的感应。有点恶心。她放下杂志，拿起另外一本。

花了一点时间。

但是现在我认出她了。

她没有穿着拉斯特法里派鳄鱼的T恤，但是日光灯照着她约翰·列侬风格的眼镜，还有她的头发是金色的一绺绺的，尽管比照片里看起来长。我心想她是谁——朋友的女儿？他的侄女？

“柯尔斯滕。”我对杰克说，以防这根本不是她的名字。

她转过头来。一瞬间仿佛不可思议，如同一个娃娃或者卡通人物活了过来。

“我们可能有共同的朋友，”我说，“菲利普？”

她皱了皱额头。

“菲尔？菲尔 · 贝特汉姆？”

“哦。菲尔。对。”

她慢慢绷紧了脸，上下打量我。

“你是……谢丽尔？”

我点点头。

她朝天花板扬起脸，长长地，夸张地呼了一口气。“不敢相信我真的见到你了。”

我礼貌地笑笑。“我猜我们都是从菲利普那里知道这个地方的。菲尔。”

“是我向他推荐布鲁瓦亚尔医生的。”她说。我揉着杰克的背，让她知道我并不真的在乎。她仿佛是一个非常尖刻、不讨人喜欢的年轻女人。

“菲尔没有说你有宝宝，不过我已经有段时间没见他了。事实上，自从那个之后就没见过，你知道的。”她咧嘴笑笑，仿佛她有个卑鄙的秘密。

“我不觉得我知道什么。”

“自从你让他”——她的手指握成管状，把另外一根手指插了进去——“我。”

我睁大眼睛，环顾四周，确保只有我们。

“我太吃惊了，”——她向前倾了倾——“你竟然这样做。什么样的女人会叫一个老头和一个孩子发生性关系。”

这就如同被指控一桩梦里犯下的罪行。

“我很抱歉，”我低声说，“我没有想到你是真实存在的。”或者说我本来认为她存在，然后又不这样认为了。

“好吧，”——她张开双臂——“我是的。”

真的不知道该说些什么。接待员肯定随时都会回来。柯尔斯滕静静地用后脑勺碰了好几次墙。

“我希望情况没有太糟。”我终于说。

“没什么大不了的。他先要在手机上看什么东西。花很长时间。”

我不知道这是什么意思，但是我会意地点点头。

“嘿，”她打了个响指，“我们给他发张合照吧。他会吓坏的。”

“真的？”

她把相机举到一臂开外，僵硬地靠过来。她的头发闻起来像氯。杰克滴着口水靠近镜头，遮住了我们两个。

闪光灯亮了，门开了，接待员回到了前台旁边。是露丝–安妮。她看到我的时候僵了一会儿。

“医生在等你了，柯尔斯滕。”

柯尔斯滕目不斜视地从我身边走过。

我们都是孤独的。

“嗨，露丝–安妮。”我站起来朝柜台走去。

她抬起眉毛，仿佛她既不打算否认这是她的名字，也不打算承认。

“我是来拿卡片的，你还记得吗？上面写着名字的卡片。”我指指杰克，她眨眨眼，仿佛刚刚注意到他。

“你是说名片吗？”她指指塑料架子里布鲁瓦亚尔医生的名片，就在她自己的名片旁边。

“不是，是我让你保管的卡片。你放在那里的。”我指着桌子中间的抽屉。

“我恐怕帮不了你，但是欢迎你再拿几张名片。”

她魁梧的男性特征不见了。她小心地流露出成百上千个女孩气的细节。长发用格子束发带拢了起来。紧身衬衫设计得能缩小她宽厚的肩膀，确实做到了。她的整个身体都缩小了。坐着的时候，她看上去确实是一个小巧精致的女人。

布鲁瓦亚尔医生拿着一个文件夹出了。她抬头看他的时候整个态度都变了；她变得闪闪发光。不是焕发出生命之光，而仿佛是一个从里面通电发光的外壳。她伸手去拿文件夹，他松手了——不好意思碰到她的手指。文件夹掉在了地上。露丝–安妮犹豫了一下，笨拙地俯身去捡。她的脸再次出现的时候微笑着，仿佛希望他能喜欢她的背影，但是他已经转身回了办公室。她痛苦地笑着，把嘴咧得更开，看着她的牙齿，我可以想象固定住它们的下颚，还有眼窝空空的头盖骨和咔嗒咔嗒的骨架。我能想象她的大脑；正执迷地颤抖。

只要一张写着他名字的纸片就能点燃她。即便是一个和布鲁瓦亚尔相似的词语——仓院、后院[1]——就能让她陷入筋疲力尽的无尽幻想。她生命中的其他一切，包括她自己的医疗事业都是假的。这个魔咒耗尽了她百分之九十五的精力，但是她吃惊地发现没有人注意到；微薄的百分之五就已经足够了。她的桌上放着一张单子，列举着所有曾经让她快乐的东西：

柴迪科音乐

狗

我的工作

雨天

泰国菜

徒手冲浪

我的朋友们

但是她无法产生足够的悲伤和遗憾来解放自己。她活着就是为了一年里那三天，他代替她在她的办公室里，她为他工作。她用彻底的意志力变成了他曾经说过的他所希望的妻子的模样：小个子，有女人味，带一点保守的优雅。成为这样的女人，这样的接待员，是她唯一的喜悦。喜悦是个错误的词语：它助长了魔咒，于是魔咒得以继续，这是魔咒唯一想做的事情。

---

1 原文为 barnyard，backyard，都和“布鲁瓦亚尔”（Broyard）写法相似。

露丝–安妮填好了表格。看着她宽阔的后背，更容易想起我的治疗师，她是那么勇敢，那么有用，即便只有百分之五。我欠她的。

我费了一些工夫才开始，但是抖了一会儿脚跟以后，我开始随着鼻音的旋律摇摆。露丝–安妮抬起眉毛，希望我只是伸展腿脚。我嗓音嘶哑，五音不全，却非常坚定地唱了起来。

“你会不会停留在我们的恋人故事里

“如果你停留，你不会后悔。”

她抬起头，或者是魔咒慢慢地、厌恶地抬起头。戴着格子发带的魔咒在发怒。它看看我，看看布鲁瓦亚尔医生的门，看看自己巨大的手，然后当我提高声音的时候又看回我：

“因为我们相信你。”

杰克喜欢这个，他在背袋里上下蹦跶。

“你很快就要长大，所以抓紧机会

“和两个疯子一起

“沉迷浪漫。”

我只知道副歌部分，于是我立刻又从头开始：

“你会不会停留在我们的恋人故事里？”

露丝–安妮变得非常奇怪。看起来不妙。她在出汗；衬衫两侧飞快地氤出巨大潮湿的汗圈。她在溶解。如果这是错误的举动，那真是错得厉害。我闭上眼睛，抱住杰克，唱诵：

“如果你停留，你不会后悔。
“因为我们相信你。”

“你”这里听起来比其他地方更强劲，深沉，洪亮。我睁开眼睛。她的脸上直淌汗，朝天张着嘴巴，仿佛正在对天神歌唱，祈求他们的垂怜，将她从魔咒中释放。我们一起轻唱：

“你很快就要长大，所以抓紧机会
“和两个疯子一起
“沉迷浪漫。”

但是天神不存在。打破魔咒的唯一方式就是打破魔咒。现在她用拇指勾住湿透的腋窝，试图驾驭颤音，征服它。我们快要疯了，又回到副歌的开头部分：

“你会不会停留在我们的恋人故事里

“如果你停留，你不会后悔。”

她的肩膀在变宽，几乎撑破了她的衬衫。化妆品溶入了她眼睛周围的皱纹，她唱歌的时候下巴动得飞快。布鲁瓦亚尔医生打开门，扶了扶眼镜，带着迷惑的微笑看着我们——柯尔斯滕在他身后偷看。太晚了，医生！太晚了！魔咒已经裂成了一千万个碎片，碎得黏不起来。

但是我错了。看到我得意洋洋的脸，露丝—安妮意识到谁在看；她的轻唱顿时化为乌有。一瞬间她仿佛崩溃了，她的眼睛充满失望。接着魔咒再现，她安逸地把自己塞了回去，几乎松了口气。她坐下来，对着电脑。我站在她跟前，垂着胳膊，胸口起伏，但是她的眼睛盯着屏幕。她在调整发带的时候，我转身要走。

“你的卡片，小姐。”

“什么？”

“你的预约卡片。”

她眼睛眨也不眨地递给我一张我没有预约过的预约卡片。

我把卡片放在汽车杂物柜里。既然我有了卡片，就不想看了。当然是达伦。为什么要为了自己已经知道的事情破坏誓言？我一路上都这样想。我平静地把奶瓶给了杰克，然后让他躺下睡一点钟的午觉。但是我一关上婴儿房的门，平静就终结了，我迫不及待地冲向汽车杂物柜。我攥着卡片，坐在沙发上。我摊开手指，抚平卡片，翻过来。

不是达伦。

我撕碎了卡片，没来得及想起那个撕碎某人的名字会让他打来电话的老花招。

电话几乎立刻就响了。

“你还是那样，”他说，“柯尔斯滕看着老了很多，但你没有变。还有前面的小家伙——他叫什么？”

“杰克。”我低声说。我跪下来，倒在一个抱枕上。

“杰克。他是个小可爱——他多大了？”

“十个月。”

他咳嗽了——他已经知道了，他做了计算。我的额头发烫，我在燃烧。氧气。我一手夹着枕头爬向打开的窗户，把嘴对着纱窗。

“听到你的声音太好了。谢丽尔。很长时间了。”

菲利普和柯丽。

他们怎么认识的？怎么可能？为什么不可能？如果有一个年轻女人，为什么不能有另一个？

“我想我欠你一个抱歉，”他继续说，“我们上次交谈的时候我的处境艰难。”

“不需要。”我截断了他，我想不起来上次我们说了什么。

“不，”他说，“我想要抱歉。我听说她的情况时应该打电话的……但是当然我不确定。然后我看到他的照片——”他的声音哑了。我眼泪汪汪地吸气，他如释重负地呜咽，仿佛我的眼泪引出了他的眼泪。现在不是他大哭的时候；我希望他知道。我狠狠地在一个袜子里擤了擤鼻涕。安静了一分钟。窗帘扫在我的脸上。

“我有个主意，”他终于说，“我现在过来。”

我们站在门边互相打量。他看着老了很多；有着重重的眼袋。我感觉自己像一个无望地等待着丈夫从战场归来的妻子，而现在，二十年以后，他来了。老了，但是回家了。他进来，环顾四周。

“他在哪里？”

“午睡。但是他应该很快就会醒。”

我问他要喝什么。柠檬汽水？水？

“能不能给我一点热水？”他从口袋里掏出一袋茶包。“你也可以尝尝，但这是我的针灸师为我特别配置的。治肺的。”

我们捧着马克杯坐在沙发上，等待着。他不断看我，试图掂量我的情绪，或者是要告诉我他什么都能接纳。仿佛我很想交谈似的。

“你为什么退出董事会？”我终于说。

他跳过这个话题，絮絮叨叨说起他可怜的健康情况，以及他最近去泰国的旅行如何让他跳脱了自我。他说的每个词都很无聊，但是它们在一起的旋律却使我平静。我试图抵抗，但是仅仅是他这些磅这些盎司的体重便是救济。一直是家里最重的人真的很累。我小口喝茶，靠回到沙发里。他走了以后，我得把重量重新转移到自己的肩上，但这可以之后再说。

“很奇怪我在这里有家一样的感觉。”菲利普说。他看着我的书架，咖啡桌上的杯托，仿佛每样东西都有一段记忆。我用眼角从宝宝监视器上瞥见杰克开始扭动。我突然有种想要延续此刻的愿望，或者延迟下一刻的到来，但是传来响亮的尖叫。

“我去抱他。”我说。

“我也去。”

他跟着我来到婴儿房，在我脖子后面呼吸。他俩会不会长得一样?

“该起床了，小土豆。”我说。他俩的五官完全不同，却能感觉到相似性正在暗处伺机。我把杰克放在尿布台上。他拉了一大泡屎，需要很多纸巾。菲利普在角落里看。

“你和他之间有特殊的感情，是吗？”

“是的。”

“画面很美好。感觉不到年龄了，不是吗？”

他的屁股红红的。我在上面抹了尿布霜。

“你既是男人又是女人，”菲利普迷惑了，“和其他夫妇一样。”

我仿佛在用慢动作换尿布；拉环扣不上，不断松开。

“我更像是他的母亲。”

“好吧。”他赞同地耸耸肩，“我不太确定你是如何处理这个问题的。”

裤子不太好穿；两条腿钻进同一个裤管里。菲利普在我身后看着我努力。

“我听说还有些……并发症。是吗？开头不顺利？”

“没什么。他很好。”

“哦，好的好的。那就好。所以他可以跑，参加体育，都行吗？”他在点头表示肯定，所以我也跟着他点头。

我刚拉好杰克裤子的松紧带，菲利普就把他从尿布台上抱下来，挣脱我的手，发出飞机的声音把他举向天花板。杰克不高兴地叫起来。菲利普咳嗽着，又飞快地把他放了下来。

“比看上去重。”杰克安全地坐在我身上以后，打量着胡子老头。

“那是菲利普。”我说。

菲利普伸出手握了握杰克柔软的小手，摆动着他面条般的胳膊。

“你好啊，小家伙。我是你外祖父母的老朋友。”

我愣了一会儿才明白他在说什么。

“我不太确定他们是否觉得自己是外祖父母。”

“可以理解。我最后听说的事情是她打算交付领养。没有人知道父亲是谁。”

他的声音里藏着问题——他有百分之九十八的肯定，但是不完全。她可能到处睡。

“最初是这样计划的。”我说。

“她好像有很多伴侣。”

我没有回答。

我们坐在后院里，杰克吃着香蕉泥。菲利普仰面躺在草地上，呼吸温暖的空气，说，啊，啊。杰克在他的嘴巴里放了一颗石头，我取了出来。我们转移到阴凉处；我说起想搭一个遮阳棚的打算。

“我有个很好的人选可以做这个，”菲利普说，“我下周让他过来。星期一？”

我笑了，他说：“她笑了！我让她笑了！”

我试着皱眉。

“如果你不喜欢他，就告诉他：‘我不知道你为什么来这里，菲利普疯了。’”

“菲利普疯了。”

“是啊。”

我不断想着他就要走了，但是他一直不走。我做晚饭的时候他和杰克在客厅里玩。我静静地走来走去，想听听他们的声音，但是他们悄无声息。我探头出去的时候，杰克在咬一个橡皮汉堡包，菲利普坐在几英尺开外的地上，僵硬的膝盖笨拙地弯着。他朝我竖起大拇指。

“晚饭好了，但是我得先把杰克哄睡。”

我喂杰克吃了菜泥，洗了澡，喝了奶。

菲利普看着我唱完晚安歌，把杰克放进婴儿床。我们对宝宝微笑，又彼此微笑，直到我移开视线。

我为晚餐抱歉：“只是些剩菜。”

“我就喜欢这样。多么日常。大家都是这样吃饭的！有什么关系呢？”

吃完晚饭我们用新的平板电视机看《60 分钟》。

“就只剩这个电视节目可以看看。”他说着把胳膊放在沙发靠背上，擦过我的肩膀。我试着放松下来好好看节目。是关于反暴动战术如何用于抵制犯罪团伙。放广告的时候，菲利普把电视机静音了。我们看着一个女人无声地洗头。

“看看我们，”他说，“我们就像老夫老妻。”他拍拍我的肩膀。“我开车过来的路上一直在想，我们所有的生生世世。”他侧眼看我。“你还这样想吗？”

“我想是吧。”我说。但是我在想柯丽。我曾是她的敌人，然后是她的母亲，然后是她女朋友。这样就是三生三世。他打开声音。我们看着警察挨家挨户地安插在社区里。下一次广告休息时，他详细说了他肺部的情况；它们在硬化。叫做肺纤维化。“当你健康不再，这种事情真的很重要。”

“什么事情？”

“这些。”他的手扫过我和客厅，“安全感。你可以信任的能长期陪伴的朋友。”我什么都没有说，他紧张地看着我。“我是不是言之过早了？”

我看着自己的腿；他坐在我旁边等我回答，我很难思考。

“我当然会陪伴你。”我说。松了口气；要对他发怒很难。他拉起我的手，用三种方式飞快地握住，仿佛帮派分子。我们刚在电视上见到两个男人这样做。

“我知道你会的。我不想妄加非议，或者指名道姓，但是我们得承认年轻人和我们这代人没有相同的价值观。”

我张嘴想提醒他我只有四十三岁，但是接着我想起来现在我四十四岁了。接近四十五岁。太老了，没有必要指出这一点。

《60 分钟》结束以后他回到车里拿了电动牙刷。“这把是我备在车里的。”他本身没有夜盲症，但是晚上开车越来越不轻松。

“没有勉强吧？”他一边脱鞋一边在门廊问。

“不不，完全没有。”

我们并排刷牙。他漱口，然后我漱口，然后他漱口。他把充电器插入洗面池上方的插座；插座的凹凸处都是硬化了的棕色黏状物。

“不用担心，”他说，“我们再买一个新的。”我用了很长时间擦干手，而他坐着小便，声音很响。

他穿平角裤睡觉可以吗？当然。我在衣帽间里穿上睡袍，心想我们哪个睡沙发。我出来的时候他在我床上。他拍拍旁边的位置。一瞬间我心跳不已，但是我又想起来我们是老夫老妻。我们经历过一切，**并且**他的肺部在硬化。我从厨房给我俩各倒了一杯水，放在床头柜上。

“我们要不要把性的问题解决了？”他说。

“什么？”

“一个男人和一个女人……睡在一起。我不希望这成为问题。”

我的心脏猛跳。这完全不是我曾经想象过的方式，但是或许这也有美妙的部分。或者诚实。或者，不管怎么说，我们要发生性关系了。

“好的。”我说。

“你听起来不太有兴致。”

“我有啊！”

“太好了。等一下。”

他跑进客厅，拿着手机和一小管粉红色的乳液回来；他把手机架在我的维生素药瓶上。我无法平稳呼吸，并且下巴紧张得发抖。菲利普看着我的印花睡袍，挠了几次胡子。然后他啪地合拢手掌。

“嗯。我们说好了，如果你想要看我，你可以看，但是你不必非得如此——对我来说都一样。我只需要你躺着准备好，等我说好了，”他递过来一只我的枕头。“你能把这个垫在屁股底下就太好了。”他鼓起腮帮子，又呼出一口气。“可以吗？”

“可以！”我响亮地说。我同情他，他却好像并不尴尬。他按着手机。传出尖叫和呻吟声，他飞快地静音并且蜷起身体。床安静地摇晃。柯尔斯滕说他得看很长时间的手机原来是这个意思。多长算是长？我安静地把睡袍拉到屁股。把枕头垫在下面以防他说好了。我想过要抚摸他的后背。上面有很多小小的凹坑，几根灰色的体毛，一些雀斑和红点。我把手掌放在他的肩胛骨之间；和他的身体一起晃动。我松开了。过了几分钟他拿起电话，翻翻按按，又放好。我看着婴儿监视器；杰克胳膊举过头顶摊手摊脚地睡得很香。性交之后睡觉是容易还是困难？可能我得偷偷服用一点顺势疗法安眠药。我闭上眼睛感受睡眠有多近。

“好了。”

我猛地睁开眼睛；飞快地张开腿，调整好枕头，他翻到我上面，他的家伙涂着玫瑰味的乳液，又大又红。他乱戳了几次才找到正确的位置。他飞快地进进出出，然后慢下来。有点痛，但是慢慢变成了一种炽热感。他缓慢而有控制地呼气，吸气。

“快到了。”他过了一会儿说。他俯身把厚厚的嘴唇压在我的嘴上。胡子有点难弄。他停下来，把嘴边扎人的胡子撩开。我们的牙齿碰在一起。

“我在想那首关于老母鸡和老公鸡的民谣，”他一边抽插一边低声说，“怎么唱来着。”

“我不知道。”我擦擦嘴。

“‘咯咯，咯咯，喔喔，喔喔，它们嘴对嘴……’差不多是这样，你想到上面来吗？”

他的眼睛盯着我的胸。可能它们垂下来比摊着好看些。但是我摇摇头不要。在那个位置我就没法想自己的东西了。

我并拢腿闭上眼睛。应该很简单，但是得非常集中注意力才能想象他在我上面。我必须彻底把他抹除，然后再重构他，关注想象中他的重量，而不是实际的重量。他一如既往地鼓励我；反反复复地让我想自己的东西。我快要彻底耗尽的时候真正的菲利普打断了我。

“睁开眼睛。”

为了安抚他，我睁开一会儿，瞥见他的嘴巴皱成一个牢牢的圈；他正在用力呼吸。我飞快地再次闭上眼睛。

一切都粉碎了，于是我放弃了自己的幻想，试图想象在我身体里的是菲利普的家伙的我的版本，是我正在柯丽的身体里抽插。一旦我控制住了局面，一切都感觉非常真实。仿佛一段记忆。

“你在哪里遇见她的？”我喘息着问。

“谁？”他停了一会儿，又继续，“在一个医生的办公室里。候诊室。”

“布鲁瓦亚尔医生。”

“是的。延斯。”

她在看杂志，他坐下来。他和她说了一点医生妻子的琐事，她是一个多么著名的画家。他没有认出她来，直到他问了她的名字。

“柯丽。”

他笑了，上下打量着她，对号入座。他俩这样相遇的几率有多少？很高。在候诊室里他俩相遇的几率高于平均。这就是我送她过去的原因。他说他觉得自己认识她的父母。

“你和谢丽尔·格里克曼住在一起？他们办公室的？”

她听到我的名字缩了缩。我是那个刚刚告诉她她有脚臭的女人；我依然能想象她大大的微笑，以及她的笑容如何消失。她想要我，我却把她转手。她开始生气地抖腿；菲利普把他的大手放在上面。她抬头看着他的白胡子，他浓密的眉毛。“你说你叫什么来着？”

露丝–安妮即便坐在桌边也知道接下来会发生什么。精子进入子宫，卵子受精，受精卵，胚胎，等等。杰克从那天开始有意识。

我没有创造他，但是我做对了每件事情，他才被创造出来。

我就是这么想要你。

看着宝宝监视器，我惊叹将他带到这个世界的人际网络，噙满骄傲的泪水。我的儿子。

“一切都还好吧？”

我点点头，收起喜悦的表情。菲利普翻身，从我里面出来。

“没事的，”他喘着气说，“反正我也到不了高潮。而且我不这样做的话更安全——尽管也不太可能，是吧？”他揉了几次我汗涔涔的大腿。“我希望你知道我不害怕这个，但是……”他吞掉了接下来的话，“不，不是这样的。我很害怕。但是我不害怕自己害怕。”

我点点头。我们在谈论什么？杰克背过身去，又翻了回来。

“我始终警惕着，从年轻时开始——所以它无法悄悄来临。我希望知道它来了，我想迎接它。”

我们在谈论死亡。

“哦，你好啊，我会说。请进。我们走之前让我收拾一下东西。但是我不会拿任何东西，只会放弃一切。再见啊家，再见啊钱，再见啊成为一个伟大厉害的男人。再见啊谢丽尔。”

“再见。”

“然后我就出门了，可以这样说。”

我能想象自己在他身后锁上了门。卧室感觉非常冷，简直像地窖一样。杰克现在俯卧着。

“我有遗嘱和葬礼安排等等，但是如果你不介意——”

杰克突然尖叫；从监视器里传出来，响彻夜晚。

“——如果你不介意，”菲利普提高了嗓子盖过哭声，“我会告诉你一些细节。你听说过环保荚[1]吗，我想葬在这个里面。”

“我得要——”我指指监视器。菲利普举起一根手指。

“这不合法，但是如果你——”

杰克抽泣着，我跪坐起来。菲利普抬头看我，他皱起眉头。“这是我第二次和任何人说起这个。”

宝宝无法相信地哭着。我从来没有在他哭的时候不出现过。我跳下床离开房间。

他在长牙。奶瓶没法安抚他，我抱着他在房间里走来走去。这样不管用，于是我在睡袍外面背上背袋，把他绑好。又套上一件夹克，轻手轻脚来到门廊。我的鞋子正在那里等着。

我们散步的时候天空仿佛亮了。但是黎明还有几个小时；可

1 环保荚（EcoPod），一种纸质的设计感环保棺材。

能只是月亮，或者是我的眼睛适应了黑暗。我们没有像平常那样绕大圈，而是一个街区接一个街区地开发了新的领土。星期一那个男人会来搭凉棚。菲利普和我会拥有配对的电动牙刷。手机的事情和他说“好了”的习惯很快会变成日常。看《60分钟》也是。杰克抬头看，突然平静了，他在看一对闪烁的灯。

“那是飞机，”我揉揉他的背。“有一天你会坐飞机。”飞机离开了我们的视线，不见了。世界温暖封闭，我们仿佛安全地待在一个巨大的房间里。他这样那样地探头探脑，我抚摸着他的脑袋。

“世界上其他宝宝都在睡觉。”我低声说。

我的双腿渴望移动，每走一步几乎都在跳跃。我可以一直走下去，怀里抱着唯一重要的东西，一只口袋里有一整瓶奶，另一只口袋里是我的钱包。我们有了所需要的一切。我能走多远？我能走到远处的山脉吗？我从来没有真的留意过那些巨大的山峰；它们仿佛刚刚升起，被城市照亮。我走了一个小时什么事情都没有想，杰克早就靠在我的胸口睡着了。大部分的家里都是暗的，或者只亮着一台电视机。一个男人拿出了洒水器。除此之外只有猫，到处都是。几个小时山都是一样大小，仿佛我每走一步，都把它们往前推一点。接着它们突然就在跟前了，我就站在山脚下。我是否不得不攀登它？现在很难看到山顶；我退后，一只手抱着杰克温暖的屁股。这么近看不到。我转身往家走。

早晨五点，菲利普醒了。看见我已经穿好了衣服在梳头，他有点吃惊。

“我不知道你喝不喝咖啡，我泡了乌龙茶。”我说。

他转头看着床头柜上热气腾腾的杯子。他的衣服整齐地叠在旁边，电动牙刷放在上面。我把电线扎成了一小捆。他愣了一会儿才明白了一切。接着他慢慢站起来，开始在黑暗中穿衣。我靠在对面的墙上，喝茶，看着他。

“我想象泰国的天气会对肺有好处。可能那里会是家？”

“可能，我不知道。我有很多选择。”

“只是一个想法。”

他扣好扣子，把衬衫塞进裤子，穿上黑色袜子。

“你的鞋子在门廊。”

“对。”

我们来到客厅，我们昨天黑暗中用过的马克杯还在咖啡桌上。

“他睡得很熟，但是如果你还想最后看他一眼……”我拿出监视器。菲利普接过来，但是犹豫了一会儿才看屏幕。

“你觉得他冷漠吗？”

“冷漠？杰克？”

“可能是我误解了他。我感觉不受待见。”他专心地盯着熟睡的人影。突然他直起身体把监视器还给了我。

“我怀疑他不是我的孩子。你知道我怎么知道的吗？我这里什么都感觉不到。”他用僵硬的手指戳戳胸口；发出空洞的声音。

我站在门口，看着他穿上鞋子；他从门廊朝我稍稍致敬，然后摇摇晃晃地走下台阶。我轻轻地关上前门，躺在沙发上。最好能试着在一天开始前睡一小会儿。

尾声

从中国来的航班坐满了家庭，下飞机花了很长时间。然后海关处又有无尽的长队，他们前面的少年找不到护照。终于他们沿着长长的走道朝到达口走去。等在过道尽头的妈妈爸爸丈夫妻子在欢呼拥抱。他们一边走，他一边用手擦脸，抚平头发。她紧张地看着他。

“我们迟到了吗？”

“有一点，但是没关系。”

“她如果不喜欢我怎么办？”

“不可能。”

“我该怎么称呼她？格里克曼女士？”

“就叫她谢丽尔。”

“那是她吗？那个挥手的女人？”

“哪里？”

“最后面。和一个金发女人在一起。看到了吗？”

“哦，是啊。她老了。柯丽也来了，那是柯丽。”

“她看到你好高兴——哦，她在跑。”

“耶。”

“还挺远的。”

“我们可以在中途相遇——我们要不要跑？”

“真的吗？我背着包呢。要不你跑，我跟上？”

“不用，不用。我们可以走。”

“只是——我的包。哦，哇哦。她真的打算一路跑过来。”

“是啊。”

“跑吧。”

“你确定？”

“是啊，把你的包给我，我会跟上的。快去吧。”

他朝她跑去，她朝他跑来，他们靠近的时候都开始大笑。他们笑啊笑啊跑啊跑啊跑，响起音乐声，铜管乐器，昂扬的赞歌，没有人不热泪盈眶，出现字幕。掌声如雨。

感谢

我想感谢梅利莎 · 琼 · 沃克，瑞秋 · 孔，希拉 · 海蒂，贾森 · 卡德尔，露西 · 雷内尔，莉娜 · 邓纳姆和玛尔戈 · 威廉姆逊阅读了这本书的不同版本，并且给出诚恳的回应。特别感谢伊莉 · 霍洛维茨阅读了很多草稿，带给我重大的帮助。感谢梅根和马克 · 艾斯贡献了他们的姓，柯丽。感谢卡拉 · 玛里西奇发给我鲍伊的歌曲《疯子》，感谢我的父亲理查德 · 格罗辛格，允许我引用他的书《胚胎发育》。感谢米歇尔 · 拉布金告诉我有关领养的事情，阿洛克 · 布塔达回答我有关胎粪吸入的问题。感谢杰西卡 · 格雷汉姆，艾琳 · 希恩和萨拉 · 克雷默在我写作的时候帮忙照顾我的儿子。感谢我的代理人萨拉 · 查尔方特对我说，“你会有一个宝宝，并且会写一部小说”，以及其他很多坦率的激励人的真话。感谢南 · 格雷汉姆对我曲折道路坚定不移的支持和专业的意见。最后，感谢迈克尔 · 米尔斯，这本书献给你。你在纷乱面前的爱和勇气和意志陪伴我度过每一天。

图书在版编目(CIP)数据

第一个坏人 / (美) 米兰达 · 裘丽 (Miranda July) 著 ; 周嘉宁译 .
— 桂林 : 广西师范大学出版社 ,2017.12

书名原文 : The First Bad Man

ISBN 978-7-5598-0425-9

Ⅰ . ①第… Ⅱ . ①米… ②周… Ⅲ . ①长篇小说 – 美国 – 现代
Ⅳ . ① I712.45

中国版本图书馆 CIP 数据核字 (2017) 第 254239 号

广西师范大学出版社出版发行

广西桂林市五里店路 9 号　邮政编码：541004
网址：www.bbtpress.com

出 版 人：张艺兵
全国新华书店经销
发行热线：010–64284815
山东鸿君杰文化发展有限公司

开本：880mm × 1230mm　1/32
印张：9.5　字数：130 千字
2018 年 1 月第 1 版　2018 年 1 月第 1 次印刷
定价：42. 00 元